AF345891

Le papyrus de djoser

Michel ROMERO

ISBN : 978-2-9561050-3-9

« La grenouille, dans sa mare, ignore tout de l'océan ... »

(proverbe sans doute chinois)

Table des matières

Le papyrus de djoser

Ce livre retrace un épisode de la lutte qui oppose les extraterrestres aux extratemporels, avec la planète Terre comme enjeu. Les extraterrestres connaissent le secret des voyages dans l'espace grâce aux "portes de l'espace" tandis que les extratemporels connaissent le secret des voyages dans le temps grâce aux "portes du temps". Chacun est désireux de voler son secret à l'autre et de prendre ainsi un avantage substantiel dans l'affrontement sans merci que se livrent les deux civilisations.

Grâce aux "portes de l'espace" les extraterrestres sont venus explorer la Terre depuis des temps lointains qui remontent à plus de 3.000 ans av. J-C. Ils ont visité notamment le territoire de l'ancienne Egypte et ont contribué largement à créer les fondements et icônes de la mythologie égyptienne.

Grâce aux "portes du temps" les extratemporels ont pu observer leurs ennemis. Ils ont appris que le but des envahisseurs était de s'approprier les ressources et les populations de la planète, mettant ainsi en danger le futur de l'humanité dont ils sont les gardiens.

Le conflit entre les protagonistes prend une nouvelle dimension lorsqu'un ancien papyrus, provenant de la pyramide de Djoser à Sakkarah, est retrouvé dans les cendres de l'ancienne bibliothèque d'Alexandrie, en Egypte.

John Perry, journaliste de la célèbre revue « Nature », va être mêlé, malgré lui, à une phase aigüe de cette guerre qui mettra la planète Terre au bord du chaos ...

Le papyrus de Djoser

I – LA BIBLIOTHÈQUE D'ALEXANDRIE

La conférence de presse était organisée dans un hôtel prestigieux non loin du site archéologique du fameux Phare d'Alexandrie, en Egypte. John Perry y assistait en qualité de journaliste représentant la célèbre revue scientifique « *Nature* ». La foule des journalistes et télévisions du monde entier se pressait dans la grande salle de réception de l'hôtel. Il faut dire que l'événement était de dimension mondiale puisqu'il était question de présenter les travaux des deux archéologues désormais devenus célèbres, le français Charles Brisson et le britannique Bryan Roswell, qui avaient conduit à la découverte de l'emplacement de l'ancienne bibliothèque d'Alexandrie. Rien que cela !

En effet, la bibliothèque d'Alexandrie, fondée en 288 avant notre ère, était la plus célèbre bibliothèque de l'Antiquité et réunissait les ouvrages les plus importants de l'époque. L'objectif était alors de rassembler, dans un même lieu, l'ensemble du savoir universel et la bibliothèque a compté, dit-on, jusqu'à 700.000 ouvrages de toutes origines. La date précise ainsi que les causes de sa destruction n'avaient jamais pu être établies clairement. La seule certitude était qu'elle avait brûlé mais aucune trace matérielle des ruines n'avait été, à ce jour, identifiée ou retrouvée.

Sur l'estrade qui dominait la salle, siégeaient les deux archéologues, entourés de Youssef El Ashanti, ministre de la culture égyptien, d'Amar Ben Kalifa, directeur général de l'UNESCO, et d'une jeune femme totalement inconnue des médias.

Après de longues minutes consacrées à réclamer le silence, le ministre put enfin prononcer son discours d'ouverture de la conférence de presse. Il s'exprimait dans un anglais excellent mais, mis à part l'hommage appuyé aux deux archéologues, son allocution ne révéla aucune information complémentaire qui ne figurait pas déjà dans le

Le papyrus de Djoser

dossier de presse. Il ne perdit cependant pas l'occasion de valoriser sa politique, en précisant que les travaux avaient été suivis de très près par son administration et que cette « formidable découverte » n'aurait pas été possible sans l'action de celle-ci.

Ensuite, ce fut au tour du Directeur Général de l'UNESCO de parler pour mettre l'accent sur une découverte qu'il n'hésita pas à qualifier de « capitale et historique pour la communauté scientifique ». Il insista sur le fait qu'elle était le fruit d'une coopération internationale sans précédent et n'oublia pas de mentionner que la campagne avait été financée en partie par son organisation. Visiblement, les deux hommes étaient là, avant tout, pour mettre en valeur leurs institutions et n'avaient pas l'intention de déflorer le sujet avant l'intervention des deux archéologues.

L'un des archéologues, Bryan Roswell, un homme d'une cinquantaine d'années avec une carcasse imposante, le cuir basané mais l'œil encore vif, fut le premier à prendre la parole en anglais, sa langue natale.

> — Mesdames, messieurs …, dit-il, il y a quelques semaines à peine, c'est grâce aux moyens mis à disposition par les institutions culturelles et scientifiques ici présentes, que Charles et moi-même avons eu l'immense privilège de commencer la fouille du site archéologique d'Alexandrie qui abritait, voici plus de 2.500 ans, la célèbre bibliothèque. Il n'y a aucun doute à ce sujet. Les cendres de nombreux livres et papyrus attestent bien que nous sommes en présence du lieu principal de conservation de ce qui fut le plus fabuleux trésor littéraire de l'ancien temps … les experts s'accordent sur le chiffre colossal d'environ sept cent mille documents qui étaient entreposés ici …

Il y eut un énorme brouhaha dans la salle et déjà des mains se levaient pour poser des questions. Lorsque le silence fut rétabli, Charles Brisson, l'autre archéologue, prit la parole en français cette fois. C'était un homme de petite taille, barbu, avec des habits rappelant vaguement la tenue du parfait archéologue, chapeau à larges bords, short anglais et chemise manches courtes.

Le papyrus de Djoser

— Bien que nous n'ayons eu que très peu de temps pour travailler, dit-il, nous pouvons d'ores et déjà vous faire une révélation …

Le vacarme envahit à nouveau la salle parce que très peu de journalistes présents comprenaient le français et on entendit de nombreux « in english please ! ». C'est ainsi que Steve Smith, du *Herald tribune*, placé non loin de John Perry, lui glissa « John ! Translate please ! ».

Mais Charles Brisson poursuivit en anglais.

— … nous pouvons d'ores et déjà vous faire cette révélation : l'incendie qui a ravagé la ville d'Alexandrie vers l'an 50 Av. JC, provoqué par les troupes de Jules César, est bien la cause de la destruction de cette partie de la bibliothèque. Il n'est pourtant pas exclu que d'autres dégradations aient pu être causées par les conflits religieux aux environs des années 300, ainsi que par la conquête arabe vers les années 600. Malheureusement, la totalité des documents que nous avons dégagés jusque-là est complètement carbonisée et donc illisible …

La salle fut à nouveau traversée de rumeurs bruyantes, interrompant sans cesse la déclaration du professeur Brisson. Sujet de discorde entre historiens depuis fort longtemps, la date exacte de la destruction de l'une des plus importantes bibliothèques que l'humanité ait connue ne serait donc jamais établie.

— … nous n'avons pas encore pu explorer la totalité des salles de ce bâtiment qui en comportait beaucoup, poursuivit-il, mais il y a peu de chance pour que nous puissions trouver des documents qui auraient été épargnés …

De plus, si les trésors de littérature étaient inexploitables, il était compréhensible que le public éprouvât de la frustration. Le ministre égyptien reprit la parole :

— Mesdames, messieurs … Nous n'allons pas détailler maintenant les circonstances de cette découverte puisqu'un communiqué de presse vous a été remis et que vous y trouverez tous les

Le papyrus de Djoser

éléments qui vous intéressent. Passons aux questions à présent …

Des mains se levèrent un peu partout dans la salle pour intervenir. Steve Smith, du *Herald tribune*, fut le premier invité chanceux à poser sa question :

— Pourquoi le site archéologique est-il fermé et gardé par l'armée ? demanda-t-il. Pourrons-nous le visiter prochainement pour y faire des photos ?

— Vous comprendrez qu'une telle richesse doit être gardée en sécurité et qu'elle ne peut être laissée sans surveillance, répondit le ministre El Ashanti. Par ailleurs, nous conservons dans des conditions hydrométriques très strictes les documents trouvés qui restent très fragiles, c'est pourquoi leur accès est réservé à une minorité de scientifiques. Non, toute visite est hors de question pour l'instant.

D'autres questions furent posées parmi lesquelles l'une sembla plus intéressante que les autres :

— Existe-t-il une chance de pouvoir déchiffrer le contenu des documents carbonisés ? Et si oui, à quelle échéance ? interrogea un journaliste russe de la *Pravda*.

Bryan Roswell se chargea de répondre :

— Nous travaillons à cela depuis le premier jour, dit-il. Et nous sommes sur une piste sérieuse … mais je ne puis vous en dire davantage pour le moment. Vous serez informés dès lors que nous aurons des éléments concrets à communiquer.

La salle fut secouée par un chahut indescriptible de la part d'un public avide de sensations. Certains tentaient d'avoir des informations en s'adressant directement aux deux archéologues, mais ils ne purent rien obtenir de plus.

Puis, John Perry fut invité à son tour à poser une question :

— Pouvons-nous savoir comment vous avez localisé le site, et à partir de quelles informations ? demanda-t-il.

Le papyrus de Djoser

C'est alors que la jeune femme assise à l'extrême droite de l'estrade prit soudain la parole :

> — Vous permettrez monsieur Perry que nous ne répondions pas à cette question, puisque cette information est confidentielle ... répondit-elle en français avec l'accent charmant de la Belle Province.

A nouveau la salle fut remplie d'un énorme tapage, la réponse n'ayant visiblement pas satisfait le public.

> — Pouvez-vous nous dire qui vous êtes ? Parvint à glisser John Perry dans le vacarme.

La jeune femme lui jeta un regard noir avant de décliner son identité :

> — Je m'appelle Solène Dujardin, je représente le ministère de la culture du Québec et je fais partie du groupe en qualité d'assistante des professeurs Roswell et Brisson qui dépendent de l'Université de Montréal. Je m'occupe essentiellement de la logistique, hé oui ! il en faut aussi ... dit-elle avec un sourire provocateur à l'égard du journaliste.

Et c'est là-dessus que le ministre déclara qu'il était temps de mettre fin à la conférence de presse et que d'autres communiqués seraient régulièrement publiés sur l'avancée des travaux. La conférence s'arrêta donc sur une déception manifeste. Les journalistes se levèrent tous, simultanément, pour sortir de la salle et entrer en communication avec leurs centres de presse, ce qui provoqua une cohue indescriptible.

Le papyrus de Djoser

II – Le projet « papyrus »

Six mois plus tard, John Perry, chargé par sa rédaction de suivre les travaux et les publications autour de cette fabuleuse découverte, assistait au Congrès International d'Archéologie de Memphis dans le Tennessee, au cours duquel l'existence du projet « *papyrus* » fut révélée par son chef de projet, le professeur Ryan Albertino, de l'Université de Californie Los Angeles.

Ce projet colossal, regroupant de nombreux scientifiques de toutes disciplines, lancé à l'initiative de l'Université de Californie Los Angeles, avait pour objectif de déchiffrer les milliers de documents carbonisés provenant de l'ancienne bibliothèque d'Alexandrie.

La technique de décryptage utilisée était celle de l'imagerie dite "multi-spectrale", mise au point par des scientifiques américains de la NASA au début des années 2000. En effet, après avoir été adaptée à la papyrologie par l'Université Brigham Young, dans l'Utah aux USA, et expérimentée avec succès sur les papyrus carbonisés de Pétra et d'Herculanum, cette technique avait totalement révolutionné cette science.

Le projet « *papyrus* » avait mobilisé plus d'une centaine de savants répartis sur une vingtaine d'universités du monde entier et il ne se passait pas un mois sans qu'une publication dans « *Nature* » ne fasse état d'une nouvelle découverte par les scientifiques.

En effet, grâce à la technique de l'imagerie multi-spectrale, de nombreux ouvrages perdus de la Grèce antique et entreposés dans la bibliothèque d'Alexandrie furent déchiffrés et la moisson fut fabuleuse !

Pour ne citer que ceux-là, ce furent tout d'abord les écrits d'Aristote, au nombre de trente ouvrages de grande valeur, puis, un peu plus

Le papyrus de Djoser

tard, les œuvres philosophiques d'Epicure ainsi que les travaux scientifiques d'Archimède, et enfin, les textes originaux des "Eléments" d'Euclide. De multiples autres ouvrages, moins prestigieux, furent également sortis de l'oubli et de nouvelles perspectives s'offraient à de nombreux chercheurs dans le domaine de l'histoire ancienne.

C'est également durant cette période que l'on apprit le décès de Bryan Roswell, le célèbre archéologue britannique qui avait découvert les ruines de la bibliothèque d'Alexandrie, avec son collègue le professeur Brisson, disparu tragiquement lors d'un accident au large des Caraïbes alors qu'il était à bord d'un jet privé. L'avion s'était abimé en mer, dans le fameux "Triangle des Bermudes", et ni l'épave ni les corps ne purent être retrouvés.

En fin de matinée, ce fut le professeur Charles Brisson en personne qui ouvrit la séance des communications dites "spéciales", en marge du congrès, attendue avec intérêt par un grand nombre de scientifiques. En effet, il avait été annoncé qu'une « communication spéciale de portée mondiale » serait révélée, et la plus grande discrétion avait entouré l'événement.

> — Mesdames et messieurs …, commença-t-il, permettez-moi tout d'abord de rendre un vibrant hommage à notre collègue et ami, Bryan Roswell, disparu tragiquement voici quelques mois. Il avait largement contribué à ce que les trésors archéologiques évoqués ce matin par le professeur Albertino soient rendus à la lumière ...

La salle fut plongée dans un profond silence durant quelques instants en mémoire de l'archéologue disparu brutalement, puis, le professeur Brisson reprit le cours de son exposé.

> — Je suis très fier de vous présenter aujourd'hui un document exceptionnel, découvert dans les ruines de la bibliothèque d'Alexandrie, et qui, fort heureusement, a pu être sauvé. Il s'agit d'un texte probablement égyptien ayant comme support un papyrus provenant de la pyramide de Djoser à Sakkarah, tout près d'ici, dont la datation au carbone le fait remonter à plus de 2.500 ans avant notre ère, et ceci ne fait absolument aucun

Le papyrus de Djoser

doute … c'est pourquoi nous l'avons nommé le « *papyrus de Djoser* » puisqu'il remonte à une époque contemporaine de la construction de la pyramide …

Un texte apparut alors, projeté sur l'écran holographique géant de la salle de conférence devant une multitude de scientifiques stupéfaits et médusés :

> *« Atoum, créateur de l'univers et de tous les dieux primitifs qui peuplent ce monde, a livré à chacun d'eux une parcelle du "secret divin" et leur a ordonné de le conserver précieusement.*
>
> *Avant de quitter ces lieux, les initiés ont dispersé leur secret au plus profond des espèces en copulant avec elles afin de perpétuer la parcelle de secret détenue par chacun d'eux.*
>
> *Mais les espèces sont à la merci du troupeau des non-initiés et certaines d'entre elles disparaîtront peut-être à tout jamais.*
>
> *Heureux celui qui aura su garder le trésor dont il est dépositaire, il sera accueilli au Khébéou et les portes du ciel s'ouvriront pour lui qui deviendra un pharaon dieu.*
>
> *Malheur à celui qui aura égaré son trésor, car il sera jugé et son âme sera perdue à tout jamais. »*

Les commentaires du professeur Brisson s'ensuivirent :

— Mesdames, messieurs, vous avez sous les yeux la traduction d'un texte que les égyptologues s'accordent à reconnaître comme étant parmi les plus anciens découverts à ce jour …

Il y eut alors un énorme brouhaha dans la salle et il fallut quelques minutes avant que le professeur Brisson ne puisse reprendre son exposé :

— J'adresse bien évidemment, de la part de nous tous, les plus vifs remerciements aux membres de l'équipe de l'Université de New York qui a su reconstituer le texte original en utilisant la technique d'imagerie multi-spectrale, ainsi qu'à nos collègues de l'Université de Californie Los Angeles qui en ont assuré la traduction.

Le papyrus de Djoser

De nombreux applaudissements et acclamations retentirent dans la salle, interrompant à nouveau l'orateur.

> — Ce papyrus comporte deux feuillets, continua le professeur Brisson, et vous avez ici le contenu du premier, la transcription de l'autre est en cours. La traduction de ce texte est difficile en raison du mélange des écrits, car il comprend des passages en sémitique au milieu d'hiéroglyphes égyptiens ordinaires. Ce n'est pas le seul document qui présente cette particularité, mais la nature des signes utilisés ici n'est pas très bien connue des chercheurs égyptologues en raison de son ancienneté. La langue sémitique retranscrite sur ce document est celle qui était parlée par les Cananéens au troisième millénaire avant J.C., forme très archaïque des langues parlées plus tard comme le phénicien et l'hébreu.

La salle observait à présent un profond silence, attentive désormais aux explications du professeur.

> — Mesdames, messieurs, si nous avons tenu à vous présenter ce texte aujourd'hui, à l'occasion de notre plus importante réunion d'archéologie de l'année, c'est pour profiter de la participation de vous tous qui êtes ici et des meilleurs spécialistes rassemblés en un même lieu. Cela nous a semblé être une formidable opportunité afin de défricher un peu plus ce texte ensemble ...

La luminosité de l'amphithéâtre décrut progressivement afin de capter entièrement l'attention de la salle :

> — ... mais, enchaîna-t-il, je vais laisser notre ami le professeur Ryan Albertino, éminent égyptologue, développer les explications relatives à la traduction réalisée par lui-même et son équipe de l'Université de Californie Los Angeles. Ryan, c'est à toi ...

Le professeur Albertino était un homme de grande taille, le crâne chauve, avec un corps svelte et un regard alerte dans un visage maigre orné d'une barbe argentée.

> — Pour ceux qui ne sont pas égyptologues, dit-il, je vais tenter d'apporter quelques précisions élémentaires sur le contexte de

Le papyrus de Djoser

ce document dans lequel les mots ne sont peut-être pas tous à prendre au premier degré ...

— ... dans la mythologie égyptienne la plus courante, celle d'Héliopolis, le *Noun*, autrement dit le néant, a donné naissance à *Atoum*, connu aussi sous le nom de Râ, le dieu du soleil, par auto-procréation, qui lui-même a engendré les principaux dieux égyptiens que nous connaissons tels que *Shou*, *Tefnout*, puis plus tard, naquirent *Nout,* la déesse du ciel et *Geb,* le dieu de la Terre. *Nout* et *Geb* eurent deux fils Osiris et Seth, et deux filles, Isis et Nephtys, etc. ...

— ... tout ceci est bien sûr chose familière pour les éminents égyptologues réunis dans cette salle, mais je vois également beaucoup de personnes ici pour lesquelles la mythologie égyptienne n'est pas le quotidien ... c'est pourquoi je me permets de rappeler des choses évidemment bien connues des spécialistes ...

Un murmure d'approbation vint confirmer les dires de l'orateur.

— ... ainsi, le texte du « *papyrus de Djoser* » nous révèle l'existence d'un « *secret divin* » qui aurait été confié par fragments aux dieux égyptiens. Les « *initiés* », terme qui recouvre à la fois les dieux et leur descendance, ont ensuite transmis ce savoir à certaines espèces animales qui peuplaient la Terre en « *copulant* » avec elles. Il semble y avoir là une nette allusion à la représentation de nombreux dieux égyptiens sous forme de corps humains à tête d'animaux, comme par exemple *Khnoum* le bélier, *Anubis* le chacal, *Bastet* le chat, *Horus* le faucon, ou encore *Thot* l'ibis.

Un épais silence de cathédrale était perceptible dans cette salle dont une partie était littéralement subjuguée par les propos du professeur Albertino.

— ... à notre connaissance, reprit-il, il s'agit là du premier texte qui fasse mention de ce fameux secret. De quelle nature est ce secret ? pourquoi le partager entre les dieux ? pourquoi ensuite le confier aux espèces animales ? sous quelle forme a-t-il été

Le papyrus de Djoser

réellement transmis et que signifie « *au plus profond des espèces* » ? « *avant de quitter ces lieux* », ces lieux signifient-ils notre planète ? voilà autant de questions soulevées par ce texte …

— … au cours de ce travail de traduction, mon équipe et moi-même avons acquis certaines convictions, mais nous sommes bien évidemment ouverts à toutes vos suggestions et vos commentaires concernant ce qu'il convient de retenir de ce texte.

Immédiatement une main se leva, au premier rang des congressistes, demandant la parole que le professeur Brisson, qui faisait office de président de séance, accorda d'un petit signe de tête.

— Je suis le professeur Donovan Stanley du British Muséum à Londres, et ma première interrogation est la suivante : quel crédit faut-il apporter sur le fond au contenu de ce texte ? ne s'agit-il pas d'une simple métaphore sans fondement sérieux ? ou bien s'agit-il seulement d'une leçon de morale à destination du bas peuple d'Egypte ? en tout cas, rien qui mérite de s'attarder une minute de plus sur une élucubration vieille de près de cinq mille ans !

Un brouhaha mêlé de réprobations et d'assentiments secoua la salle toute entière. Visiblement, la question partageait l'opinion et méritait d'être débattue en premier. Il s'ensuivit un long moment durant lequel personne ne put s'exprimer de façon audible.

Le professeur Brisson leva la main pour demander le silence, et lorsque ce fut le cas, il répondit sur un ton calme :

— Chers amis, c'est bien naturellement la première question que nous nous sommes posée avant de vous présenter ce document. Nous avons, en effet, imaginé que beaucoup d'entre vous allaient adopter une attitude sceptique et mettre en doute le sérieux du contenu de ce texte. C'est votre droit et c'est tout à fait compréhensible …

Le bruit des conversations dans la salle reprit de plus belle.

Le papyrus de Djoser

— Nous sommes néanmoins quelques-uns à opter pour la recherche d'éventuelles pistes qui permettent de valider ou non l'hypothèse du sérieux de cet écrit, parvint-il à dire au milieu du vacarme. Qu'avons-nous à perdre ? ...

— ... en revanche, si ce texte dit vrai, c'est-à-dire qu'un « *secret divin* » existe bel et bien, l'ignorer nous ferait courir le risque de passer à côté d'une opportunité unique de répondre peut-être à l'une des questions parmi les plus importantes que se pose l'humanité ...

La salle fut à nouveau parcourue de nombreuses clameurs tandis que les choses s'envenimaient. Les participants au congrès, pourtant d'ordinaire confrères ou collègues, s'invectivaient et s'injuriaient bruyamment. Lorsque le bruit redevint moins important, on put entendre le professeur Stanley s'écrier :

— En accréditant ces sornettes stupides, vous êtes ridicules et vous jetez le discrédit sur l'ensemble de la communauté scientifique !

— Les cimetières sont remplis de soi-disant scientifiques comme vous ! répliqua le professeur Brisson avec véhémence, des gens qui n'ont eu ni l'imagination ni la curiosité pour faire avancer la science !

A cet instant, le professeur Stanley se leva et sortit de la salle en signe de désapprobation, sans un regard pour l'orateur, entraînant avec lui une bonne moitié des congressistes.

Le papyrus de Djoser

Après quelques minutes d'agitation et une fois le silence rétabli, le professeur Brisson reprit la parole :

— Bien ! A présent que nous sommes entre nous, dit-il avec un large sourire, nous pouvons reprendre notre réunion ...

La salle étant redevenue plus sereine, de nombreuses mains se levèrent pour poser des questions. Le professeur Bresson désigna une personne du premier rang :

— Hector Martin, journaliste à Paris Match, ne faut-il pas comprendre que l'expression « *avant de quitter ces lieux ...* » fait allusion à une origine extraterrestre de la race humaine ? questionna le journaliste.

— Oh, comme vous y allez ! observa le professeur Albertino. Vous autres journaliste, êtes, avant tout, intéressés par les aspects sensationnels qué ce texte pourrait susciter. Mais nous, archéologues, devons garder la tête froide et avoir une approche la plus rationnelle possible, sans quoi, vous avez pu le constater il y a un court instant, notre communauté est prête à se déchirer. Avant d'envisager une telle spéculation, il y a de nombreuses pistes à explorer, certes moins sulfureuses, mais sans doute plus sérieuses ...

— ... mais pourquoi pas ! poursuivit-t-il avec un large sourire, malgré l'extravagance de cette théorie, c'est une hypothèse qui peut aussi coller avec le texte ... mais je viens de vous dire ce que nous en pensions.

Le professeur Brisson passa à la question suivante :

— Peter Kranowsky, journaliste au *Sun*, dit-il, faut-il déduire de ce texte que la représentation des divinités de l'ancienne Egypte avec des têtes d'animaux correspondrait à une réalité biologique ?

— La procréation entre humains et animaux est génétiquement impossible, mais entre dieux et animaux, ou bien entre extraterrestres et animaux ... ça ... on ne peut pas savoir !

Le papyrus de Djoser

répondit le professeur Juan Miguel Ortega avec un sourire malicieux, l'éminent biologiste de l'Université de Madrid.

Le professeur Brisson approuva de la tête l'intervention suivante :

— Samuel Rosicky, journaliste à C.B.S., professeur Brisson, en quoi peut bien consister un « *secret divin* » ? Avez-vous un exemple concret à nous donner ?

— Difficile à dire … rétorqua le professeur Brisson embarrassé. J'ai dit tout à l'heure que ce secret pourrait concerner une question parmi les plus importantes que se pose l'humanité. Par exemple, les textes funéraires égyptiens laissent supposer l'existence d'une croyance en une vie éternelle après la mort, et donc, un secret autour de cette question pourrait sans doute être aussi qualifié de "divin" …

— … cependant, concrètement, pour répondre à votre question … j'avoue que je n'ai rien à vous livrer. Le professeur Albertino a peut-être d'autres idées …

Tout le monde se tourna vers l'éminent égyptologue. Celui-ci sembla réfléchir longuement dans un silence profond avant de répondre :

— La mythologie égyptienne la plus répandue parmi les trois principales connues, dit-il, c'est celle d'Héliopolis qui raconte la naissance du monde et des hommes …

— … cependant, à cette époque, les mythes concernaient essentiellement la genèse terrestre, car les espaces galactiques étaient mal connus, poursuivit-il. Et, selon la cosmogonie que j'évoquais à l'instant, les êtres humains auraient été créés par les "larmes d'Atoum", sans beaucoup plus de détail … alors concrètement, pour les plus optimistes d'entre nous, ce secret pourrait concerner par exemple l'origine de l'apparition des hommes sur la Terre, ou bien comme l'a suggéré le professeur Brisson, ce qu'il advient de l'âme après la mort …

— … mais avancer un secret concret n'est pas chose aisée, car si l'on s'en tient strictement au sens premier de l'expression « *secret divin* », conclut-il, cela concerne littéralement un

Le papyrus de Djoser

« secret des dieux », qui peut être relatif à toutes sortes de sujets ...

— Monsieur le professeur, demanda Angel Di Maria, journaliste au *Washington Post,* vous avez dit en introduction à propos de ce texte, « mon équipe et moi-même avons acquis certaines convictions », alors quelle est donc votre hypothèse préférée ?

— Eh bien, répondit le chef du projet papyrus, de notre point de vue, celui de mon équipe et de moi-même, nous avons eu beaucoup de mal à imaginer qu'un « *secret divin* » puisse être partagé entre tous les dieux de l'époque, cela fait beaucoup de monde pour un secret, et, qui plus est, être ensuite dispersé entre les différentes espèces animales ...

— ... alors, poursuivit-il avec un sourire, nous penchons plutôt pour l'idée qu'il s'agit là d'un message à destination des générations futures les invitant à respecter les animaux et la nature qui est leur espace naturel ... préserver la nature nous semble être le vrai sens du message, et selon que la descendance y réussira ou non, son admission au paradis en dépendra. Comprenez par là même que préserver la biodiversité de la faune et de la flore constitue un préalable indispensable au bonheur sur Terre, et, selon nous, il ne faut pas chercher plus loin le fameux secret.

— Oui, sans doute avez-vous un avis plus éclairé que le nôtre professeur, intervint à nouveau le journaliste, mais en supposant que vous ayez raison et toujours pour rester concret, quel sens précis faut-il donner au fait que le secret ait pu être transmis en « *copulant* » avec des animaux, comme l'affirme le texte ? comment cela colle-t-il avec votre hypothèse ?

Le brouhaha repartit de plus belle dans la salle, chacun ayant sa théorie sur la question.

— Pour être franc avec vous, répondit le professeur Albertino, et sans vouloir écarter définitivement la piste extraterrestre chère à certains, je ne suis pas certain qu'il faille prendre à la lettre le mot « *copuler* », dans son sens biologique premier, même si, tous nos traducteurs sont formels là-dessus, ce mot est utilisé ici

Le papyrus de Djoser

dans le sens de "transmission génétique" … et cela colle assez bien avec notre théorie puisque, s'il n'y a pas de secret à chercher … le message nous dit ainsi que c'est en conservant les espèces animales au plus près de leur milieu naturel que l'on préservera leur hérédité génétique …

— Si je comprends bien ce que vous venez de nous dire professeur, insista le journaliste, je crois que l'on peut résumer votre interprétation du message que nous avons sous les yeux par la formule laconique suivante : "contentez-vous de respecter le patrimoine génétique que vos anciens et la nature vous ont transmis, et vous serez heureux" … est-ce exact ?

— Oui, confirma le professeur Albertino, c'est à peu de chose près ce que nous pensons …

— Eh bien il me semble que cela pourrait fort bien être l'avis exprimé par le professeur Stanley et de ses amis, interrompit Angel Di Maria. Pour ma part je trouve que cela n'est pas une interprétation satisfaisante, car elle n'explique pas pourquoi ce document parle des « *dieux qui ont dispersé leur secret au plus profond des espèces en copulant avec elles* », au moment précis où « *ils ont quitté ces lieux* » … le synchronisme de ces deux événements n'est pas pris en considération dans votre théorie …

La salle montra son approbation aux propos du journaliste par une salve d'applaudissements discrets mais nourris.

— … votre interprétation n'éclaire pas davantage les raisons qui auraient conduit ces dieux à partager avec chacune des espèces une « *parcelle du secret divin* » dans le but de le conserver et de le transmettre intact à leur descendance …

Le journaliste fut une nouvelle fois interrompu par une ovation, provenant de la salle, de la part d'un public qui paraissait entièrement acquis à sa cause.

— … car vous semblez oublier une chose très importante monsieur le professeur, poursuivit le journaliste, c'est le lien que l'on se doit de faire du présent message avec la représentation des dieux d'Egypte, qui étaient mi humains mi animaux, et auquel fait clairement allusion ce document ! c'est d'ailleurs ce que vous avez reconnu vous-même en début de séance ...

A nouveau, le journaliste fut acclamé par les participants qui se retrouvaient manifestement dans la théorie développée par celui-ci.

— ... et il me semble, modestement, monsieur le professeur, conclut le journaliste encouragé par son succès, que c'est peut-être en cherchant dans les gênes des espèces animales que nous avons le plus de chances de trouver ce secret ?

A cet instant, une silhouette grêle se leva du fond de l'amphithéâtre et leva la main pour prendre la parole :

— Professeur Stephan Van Berger de l'Université de Berlin. J'ai une suggestion à faire à ce sujet, dit-il calmement d'une voix puissante avec un fort accent germanique devant une salle en haleine et prête à s'enflammer ... Le « *plus profond d'une espèce animale* » pourrait bien être son ADN, n'est-ce pas ? d'autant plus si le mystérieux secret est transmis génétiquement ...

Il y eut un énorme tonnerre d'applaudissements dans la salle pour saluer cette remarque pleine de bon sens qui venait de balayer en une phrase tout l'argumentaire développé avec peine par le professeur Albertino.

John Perry, assis au premier rang, avait assisté tranquillement à l'ensemble des échanges sans en perdre une miette et demanda à prendre la parole. Le professeur Brisson acquiesça d'un signe du menton :

— Si l'on poursuit sur l'hypothèse qui vient d'être évoquée, dit-il en montrant le texte encore affiché sur l'écran géant, la fin du texte laisse à penser que ce secret doit être conservé par les « *initiés* », à condition que les fameuses espèces détentrices du secret soient elles-mêmes préservées. Dans le cas contraire, chaque espèce concernée qui disparaît sur notre terre emporte avec elle une parcelle du secret, c'est bien cela professeur Brisson ?

Le papyrus de Djoser

— C'est en effet ainsi que nous pouvons interpréter la suite du message, confirma le professeur Brisson, comme une mise en garde pour la préservation de la nature, de la faune et de son intégrité génétique. Et l'on voit bien que la question qui vient d'être débattue est cruciale, est-ce que le message se contente de nous léguer une "feuille de route" ou bien y a-t-il autre chose de plus réel derrière le terme de « *secret divin* » ?

— La fin du message revêt manifestement un caractère religieux, n'est-ce pas ? s'enquit Perry.

— Je ne sais pas, expliqua le professeur Brisson, cela ressemble plutôt à une allégorie prophétique. Si on le prend au premier degré, celui qui aura su conserver le secret divin sera encensé, et malheur à celui qui aura échoué …

— … en tout cas, et cela colle assez bien avec la fin du message, il est bien connu que les pharaons, tout puissants qu'ils étaient, devaient rendre des comptes aux dieux, poursuivit-il, et les textes sacrés disent qu'il « *sera jugé sur ses actes et puni ou récompensé d'une participation éternelle à la vie divine* ». Il est dit aussi que si le pharaon est méritant, alors « *s'ouvrent pour toi les portes du ciel, le Khébéou* » qui représente les eaux pures célestes. On peut imaginer que la fin du texte fait référence à la capacité des futurs pharaons à s'acquitter de leur mission, en accord avec ce texte qui fait office de "feuille de route" et qui servira à les juger et priver ou non leur âme de « l'au-delà » …

— Mais il est aussi question « *du troupeau des non-initiés* », reprit le journaliste, comme étant ceux qui seront peut-être à l'origine de la disparition des espèces …

— Oui, dit le professeur Brisson, il s'agit sans aucun doute du peuple, des profanes, et le terme est utilisé ici dans son sens mystique. Clairement, ils représentent le danger de destruction de l'intégrité du secret, ou bien des espèces elles-mêmes, et c'est précisément à cela que doit veiller l'initié.

Le papyrus de Djoser

La discussion ayant duré plus longtemps que prévu, le professeur Brisson dut interrompre les débats et fit un dernier commentaire avant de clore la séance :

> — Cette séance a été particulièrement fructueuse et je vous remercie tous pour votre participation. Nous venons de comprendre que nous sommes un troupeau de non-initiés et qu'il nous reste du pain sur la planche avant de réussir à décoder l'ADN de nos animaux de compagnie préférés. Alors ! au travail !

III – L'ORDINATEUR MOLÉCULAIRE

Les débats du Congrès d'Archéologie de Memphis avaient provoqué une scission dans la communauté scientifique, entre ceux qui pensaient être en présence d'une opportunité unique de découvrir un message inestimable et les « sceptiques » qui contestaient le sérieux du papyrus, estimant être victimes d'une supercherie.

C'est dans ce climat trouble que John Perry, représentant de la revue « *Nature* », fut convié quelques mois plus tard à prendre connaissance de la découverte sur l'ADN faite par l'équipe de biologie génétique du professeur Viktor Spielberg de l'institut Weizmann, en Israël.

Les entretiens préalables à la publication d'un article dans « *Nature* » étaient chose courante et comme la découverte semblait être un élément fondamental en faveur de l'hypothèse de la véracité du « *papyrus de Djoser* », Perry prit aussitôt la navette pour se rendre à Tel Aviv …

Lorsqu'il franchit la porte du bureau du professeur Spielberg, John Perry fut surpris de constater la présence du professeur Charles Brisson, celle du professeur Juan Miguel Ortega, biologiste à l'Université de Madrid, ainsi que celle de Solène Dujardin. Au cours des mois passés, il avait été amené à rencontrer très régulièrement le professeur Brisson, et il se souvenait du professeur Ortega rencontré lors du Congrès International d'Archéologie de Memphis, mais il n'avait plus revu la jeune femme depuis leur passe d'armes verbale d'Alexandrie.

Viktor Spielberg expliqua la présence des trois autres personnes :

— Rassurez-vous monsieur Perry, dit-il en souriant, nous sommes bien réunis pour la publication de notre article dans « *Nature* », mais nous avons souhaité profiter de votre présence, pour vous

Le papyrus de Djoser

faire part d'un projet qui nous tient à cœur tous les quatre … mais nous en parlerons un peu plus tard.

Ensuite il se lança dans une longue explication, donnant précisions et nombreux détails sur la teneur des travaux de son équipe en s'aidant d'images projetées sur un écran holographique :

— Mon équipe et moi-même, dit-il, avons mis au point un procédé permettant de "décoder" l'ADN de certains animaux en utilisant une technique déjà bien connue et basée sur le principe des ordinateurs moléculaires. Les résultats trouvés dans l'ADN de chiens et de chats révèlent des pictogrammes, c'est à dire des images, ressemblant aux glyphes des mayas, à leur écriture si vous préférez. En revanche, les mêmes analyses réalisées sur les ADN des humains et des souris s'avèrent être totalement négatives.

— Ordinateur moléculaire ? … coupa Perry avec un visage qui montrait son incompréhension.

— L'ordinateur moléculaire, aussi appelé « ordinateur à ADN », répondit Spielberg, a été initialement développé par Leonard Adleman de l'université de Californie du Sud, en 1984, pour résoudre certains problèmes complexes. Le concept a été ensuite amélioré ici, dans nos centres de recherche de l'institut Weizmann, et nous maitrisons bien cette technique …

— … en 2004, cinq scientifiques de l'Institut Weizmann ont publié dans la revue « *Nature* » qu'ils avaient construit un ordinateur ADN capable de diagnostiquer l'activité cancéreuse d'une cellule et de produire un médicament anti-cancer …

— … notre découverte majeure d'aujourd'hui, pour le problème qui nous intéresse, réside dans l'hypothèse que l'objet recherché est une image, que nous appelons idéogramme ou logogramme, représentée par une séquence pictographique. Cela nous amène donc à rechercher dans l'ADN une image matricielle, suite de 0 et de 1, qui, une fois reconstituée, donnera directement la solution globale dans le format 32 x 32 bits. En termes d'opérations moléculaires qui se déroulent en

Le papyrus de Djoser

parallèle, la traduction pratique est donc 32 fois 32, soit 1.024 tubes à essai, correspondant chacun à la détermination de la valeur du bit de rang n. Notre mérite est d'avoir su trouver la bonne composition pour chacun des 1.024 tubes à essai en jouant sur le dosage de l'enzyme réactif en fonction du rang du bit recherché.

John Perry était proprement sidéré par l'ingéniosité de cette technique, mais aussi déconcerté par sa complexité. Le professeur Spielberg repris la parole :

— Depuis quelques semaines nous avons sophistiqué la technique en passant la résolution du pictogramme de 32 x 32 à 64 x 64 bits, soit 4.096 réactions chimiques simultanées. Le résultat est bien évidemment plus précis, en tout cas suffisamment précis pour nous dissuader de passer à 128 x 128, ce qui se traduirait par l'imposant chiffre de 16.384 tubes à traiter pour une seule image.

John Perry fut impressionné par les aspects pédagogiques de son exposé, dignes d'un cours magistral de professeur d'Université que Spielberg était par ailleurs. Projection d'images, de clips vidéo, un langage direct, simple et limpide, bref ! Perry eut droit à une causerie longuement travaillée tout autant précise que convaincante.

Autour de John Perry se trouvait le professeur Brisson qui arborait un sourire jubilatoire, tandis que Solène Dujardin semblait aussi fascinée que lui par l'exposé du professeur Spielberg. Le professeur Ortega, lui, restait de marbre.

— Et ... pour quels résultats ? se hasarda Perry.

— Les résultats obtenus par l'équipe concernent l'analyse de 4 ADN différents, ADN humains, ADN de souris, ADN de chiens et de chats. Les deux premiers, répétés une dizaine de fois environ, donnent des résultats négatifs, en dehors de quelques bits, de l'ordre de 1%, dispersés aléatoirement sur l'image reconstituée, ce qui a le mérite de nous donner une idée du bruit de fond et de la marge d'erreur ...

Le papyrus de Djoser

John Perry retenait son souffle dans l'attente de la suite.

> — Les résultats sur les deux autres ADN se sont avérés positifs si l'on considère que la répétition des analyses donne des images identiques ou voisines, au taux d'erreur près, dans 3 cas sur 4 ce qui est suffisant pour valider l'image obtenue.

Le professeur Spielberg sortit alors une pochette du tiroir de son bureau et étala sous les yeux ébahis des participants deux images pictographiques en noir et blanc. Tous étaient sidérés et fiers d'être parmi les premiers à contempler une bribe d'un message venu du plus « *profond des espèces* » et sans doute aussi du plus profond des âges. Les yeux rivés sur les deux dessins, qui n'avaient aucun sens pour eux, ils restèrent silencieux et le professeur conclut ainsi son exposé.

> — Bien que n'étant pas spécialistes des langues anciennes, il nous a semblé, à mes collègues et à moi-même, qu'il s'agit là d'une écriture n'ayant rien à voir avec une forme ancienne de hiéroglyphes égyptiens et encore moins avec un alphabet cunéiforme. Si l'on devait la rapprocher d'une forme d'écriture connue, la ressemblance irait plutôt vers celle des glyphes du codex des mayas …

> — Professeur Brisson, demanda John Perry en se tournant vers l'archéologue, avez-vous une idée du nombre de glyphes nécessaires pour avoir une chance de décrypter le fameux message ?

> — Non ! dit-il. Aucune ! les hiéroglyphes égyptiens ont été déchiffrés par Champollion grâce à la "pierre de Rosette" qui comportait le même texte écrit en trois langues dont l'ancien égyptien. Mais les glyphes Maya ont été déchiffrés beaucoup plus difficilement et bien plus lentement en raison du manque de références croisées … Ici, non seulement nous n'avons pas d'éléments de référence, mais nous ne savons pas combien de glyphes seront découverts et surtout, nous ne savons même pas dans quel ordre il faut les assembler pour leur donner un sens … la combinatoire est sans doute démoniaque !

Le papyrus de Djoser

Tandis que le professeur Spielberg acquiesçait, Solène Dujardin eut tout de même le mot de la fin :

— Nous n'avons pas de "pierre de Rosette", c'est vrai, mais la cryptologie et la cryptanalyse ont fait aujourd'hui des progrès importants.

— Bien ! à présent allons déjeuner ! proposa Spielberg. Nous aborderons ensuite le deuxième sujet qui nous tient à cœur et la remarque de Solène est une transition idéale.

Le papyrus de Djoser

Après le déjeuner au cours duquel les participants avaient parlé voyages et loisirs, le petit comité se remit au travail. Le professeur Brisson prit alors la parole :

— Viktor nous a fait part d'une découverte incroyable et inattendue réalisée dans ses laboratoires ! peu de gens sont au courant et nous vous demandons, monsieur Perry, la plus grande discrétion au sujet de ce que vous avez entendu ce matin. Vous allez comprendre pourquoi …

John Perry était un peu surpris de ces propos et restait attentif à la suite.

— La présence ici du professeur Ortega est en relation avec un projet important que je lui laisse le soin de présenter, poursuivit le professeur Brisson.

Ce dernier entra immédiatement dans le vif du sujet.

— Chers amis, vous savez sans doute que le nombre d'espèces déjà disparues, en danger ou en voie de disparition est en constante progression sur cette planète, qu'il s'agisse de la flore, des insectes ou, bien sûr, de la faune animale. En effet, lors du dernier recensement effectué cette année, sur 90.000 espèces évaluées on estime que près de la moitié est menacée. Malgré les efforts constants de la part des organismes officiels et des associations non gouvernementales pour tenter de protéger la biodiversité, le déclin de celle-ci s'aggrave chaque jour …

Il prit le temps de voir l'effet de ses propos avant de poursuivre :

— Nous avons donc décidé de renforcer notre politique de conservation en proposant une opération d'un genre nouveau. Quand je dis « nous », je veux parler au nom du Comité d'Ethique en Biologie qui est l'émanation de la communauté scientifique internationale, mais aussi au nom des 795 ONG, Organisations Non Gouvernementales, qui ont décidé de nous rejoindre pour soutenir ce projet …

— De quel projet s'agit-il ? l'interrompit John Perry.

Le papyrus de Djoser

— De la création d'un Conservatoire Universel des Espèces, répondit calmement le professeur Ortega.

— Et quelle forme prendrait ce conservatoire ? une forme de zoo amélioré ? demanda John Perry volontairement provocateur.

Le biologiste montra un air agacé avant d'expliquer :

— Non ! pas du tout ! il s'agit certes d'une construction artificielle mais reconstituant à l'identique les habitats naturels pour chacune des espèces concernées, le tout sous la protection d'une architecture réalisée avec des dômes amovibles. Le projet est conçu d'une part, pour permettre un comportement des espèces le plus proche possible de celui qu'elles ont dans leur milieu naturel, et d'autre part, pour faciliter l'étude et la régulation de la biodiversité. Contrairement à toutes les actions entreprises jusqu'ici, il concernerait toutes les espèces connues, menacées ou non, dans le respect de leurs écosystèmes et de leur intégrité génétique.

Voyant l'air dubitatif et perplexe de John Perry, le professeur Ortega questionna :

— Qu'est-ce qui vous gêne ?

— Plusieurs choses ! répondit John Perry. Tout d'abord, il me semble que ce projet n'est qu'une variante de la politique de protection précédente, prise à l'initiative d'une ONG célèbre, l'U.I.C.N., l'Union Internationale pour la Conservation de la Nature et appuyée par de nombreuses autres organisations, laquelle d'ailleurs a produit des opérations qui n'ont été que très partiellement efficaces …

— Vous voulez parler du M.A.B., coupa le professeur, "Man and the Biosphere Programme" de l'UNESCO, consistant en des opérations d'achat de réserves naturelles, ou biosphères sur les lieux mêmes des espèces à protéger, qui avaient pour objectif de stopper la dégradation des milieux naturels tout en permettant l'éducation et la responsabilisation des populations locales autochtones.

Le papyrus de Djoser

— Oui ! acquiesça John Perry.

— Eh bien, ces actions ont permis tout de même d'atteindre les objectifs poursuivis dans de nombreuses régions du monde, ajouta le professeur Ortega. Il est exact que toutes n'ont pas été couronnées de succès, notamment pour leur volet éducatif des populations, mais tout le monde s'accorde au moins à reconnaître qu'elles étaient nécessaires à défaut d'être suffisantes. C'est pourquoi nous proposons aujourd'hui un projet qui est complémentaire et qui va plus loin dans la mesure où le conservatoire constitue une garantie de préservation des habitats naturels sans qu'il soit besoin d'éduquer les populations prédatrices …

— … dans les zoos, enchaîna-t-il, les animaux finissent par se dégrader biologiquement, puisqu'ils n'ont pas à trouver leur nourriture. Dans les réserves naturelles, ils sont pourchassés par de riches chasseurs en quête de sensations fortes, et braconnés pour leur peau, leurs cornes ou bien leur ivoire. Dans le conservatoire que nous envisageons, ils vivront dans leur écosystème naturel, ils ne seront pas nourris et ils devront assurer leur subsistance tout seuls mais ils seront en totale sécurité. C'est la seule manière, de notre point de vue, de promouvoir une véritable politique de protection qui permette de prévenir toute nouvelle disparition d'espèces vivantes tout en conservant leur intégrité génétique.

— Bon ! Admettons que vous ayez raison sur ce point, concéda John Perry. Mais je trouve par ailleurs ce projet assez peu réaliste, sur le plan de la technique architecturale tout d'abord, vous avez évoqué une construction artificielle, c'est un ouvrage colossal qui sera nécessaire ! ensuite peu réaliste sur le plan politique, le choix de son emplacement, ou bien même sur le plan purement économique, qui va payer ? autant de problèmes qu'il va falloir résoudre.

Le professeur Ortega eut un petit sourire avant de répondre :

Le papyrus de Djoser

— Ce sont en effet là de vraies questions, reconnut-il. Cependant, pour ce qui concerne les aspects techniques, nous avons déjà vérifié la faisabilité du projet auprès de plusieurs cabinets d'architectes, certains ayant même proposé des ébauches de constructions. Ensuite, pour ce qui concerne le choix du site, sachez qu'il est envisagé plusieurs sites, par exemple les animaux aquatiques seront basés sur un lieu approprié, distinct de celui des autres animaux vertébrés. Cela n'est pas sans poser des problèmes, car les oiseaux par exemple peuvent aussi bien être herbivores, granivores, carnivores, insectivores, piscivores, planctonivores, etc., d'où la nécessité de trouver le meilleur écosystème pour chacun d'eux.

— Autre chose … poursuivit Perry. Sans vouloir être inconvenant, je ne peux m'empêcher de faire le lien avec le sujet débattu ce matin et penser que ce projet vient opportunément à point pour favoriser l'analyse ADN d'un grand nombre d'espèces réunies dans un même lieu …

— Bingo ! coupa le professeur Brisson. Nous étions certains que vous feriez le lien entre ce projet et les travaux de l'équipe du professeur Spielberg, et comme vous, ce lien, beaucoup de gens le feront également, notamment les détracteurs du projet « *papyrus* », ce qui aura comme conséquences de discréditer les deux démarches simultanément. Or, malgré les apparences trompeuses, ces deux projets n'étaient pas du tout liés à l'origine.

— Le professeur Ortega travaille depuis de nombreuses années à fédérer autour de ce projet le plus possible d'organisations officielles et les ONG, poursuivit-il. C'est pure coïncidence calendaire si les deux démarches se rejoignent aujourd'hui. C'est la raison pour laquelle, afin d'éviter toute polémique malveillante de la part de nos contradicteurs, le professeur Spielberg et son équipe ont décidé de différer la publication de leurs travaux dans l'immédiat, le temps que le projet de conservatoire soit porté à la connaissance du public. Et c'est

Le papyrus de Djoser

également la raison pour laquelle je vous avais invité un peu plus tôt à garder le silence sur leur prodigieuse découverte.

— Je trouve ça scientifiquement dommage, remarqua John Perry un peu confus, mais je le comprends.

— Rassurez-vous ! ajouta l'égyptologue. L'équipe du professeur Spielberg a encore beaucoup de travail, car, vous l'avez surement compris, les analyses ADN requièrent de nombreuses manipulations, ce qui rend extrêmement fastidieuse et longue chaque investigation. La préoccupation prioritaire de l'équipe est à présent de tenter de mécaniser ou même de robotiser les processus d'analyse.

Il y eut un moment de silence un peu tendu avant que John Perry ne poursuive :

— Vous venez de dire, professeur Brisson, que ces deux projets n'étaient pas liés à l'origine, mais considérez-vous qu'ils le sont aujourd'hui ?

— Pour être tout à fait franc avec vous, dit-il, oui ! Mais stratégiquement, nous pensons qu'il vaut mieux ne pas le reconnaître publiquement, en tout cas pour l'instant, dans l'intérêt des deux parties.

Les choses apparaissaient alors plus clairement à John Perry même si ce dernier n'était pas convaincu du bien-fondé de cette stratégie.

— Et pour le financement ? dit-il en s'adressant au biologiste. Avez-vous une idée des budgets nécessaires ? Qui va accepter de payer ?

Le professeur Ortega fit la grimace avant de se tourner vers les autres personnes présentes dans la pièce. Au grand étonnement de John Perry, ce fut Solène Dujardin qui s'adressa à lui avec un large sourire :

— C'est également une autre des raisons de votre présence parmi nous, dit-elle. John, vous pouvez nous aider à trouver des sources de financement …

— Moi ? l'interrompit l'intéressé. Comment cela ?

Le papyrus de Djoser

> — Nous n'ignorons pas que vous êtes très lié à Vince Taylor, votre
> ancien directeur à la revue « *Nature* » et actuel Premier ministre
> de sa Majesté … rétorqua-t-elle avec une apparente naïveté. Il
> va présider sous peu la Conférence Internationale des Chefs
> d'Etat sous l'égide de l'ONU. Peut-être pourriez-vous essayer de
> lui parler de ce projet et le persuader de le défendre devant les
> autres grands de ce monde …

John Perry restait songeur, partagé entre son scepticisme à l'égard de
ce projet et l'envie de répondre favorablement à une requête
concernant une aventure exceptionnelle si plaisamment formulée. Il
commençait à comprendre la raison de la présence de Solène Dujardin,
tant il était difficile de résister à son charme, et il avait le sentiment
d'être tombé dans un traquenard.

Voyant que Perry hésitait, elle reprit la parole d'un air dépité :

> — Je vois bien que vous n'êtes pas convaincu John, dit-elle sans
> attendre, et qu'il vous sera difficile dans ces conditions d'être
> l'avocat de cette cause auprès de monsieur Taylor … je vais donc
> tenter de le rencontrer et de le convaincre. Dommage, j'avais
> parié avec mes collègues autour de la table que vous seriez
> partant … eux étaient persuadés du contraire … ils avaient
> raison.

Il ne sut pas très bien ce qui lui prit à ce moment-là, mais John Perry
adressa un regard complice à Solène Dujardin tandis qu'il s'entendait
dire :

> — Très bien ! j'accepte de vous y accompagner …

Un large sourire illumina le visage de la jeune femme, ce qui constitua
instantanément la plus belle des récompenses pour son acte de folie.

> — Mais à une condition … dit-il.

> — Laquelle ? demanda-t-elle.

> — Je serai obligé de révéler au Premier ministre l'existence des
> deux projets et de leur éventuelle complémentarité, dit-il. Il

Le papyrus de Djoser

n'est pas envisageable de cacher quoique ce soit à un Premier ministre auquel on va demander de s'impliquer.

— Ok ! cela me paraît correct ! accepta le professeur Brisson, tandis que le professeur Ortega opinait du chef.

Mais Solène Dujardin avait tenu à avoir le dernier mot :

— Dommage ! dit-elle avec un sourire moqueur, j'aurais espéré que votre condition serait une invitation de ma part à déjeuner avec vous.

John Perry essaya tant bien que mal de cacher son désarroi devant les autres tandis que ceux-ci ne pouvaient s'empêcher d'arborer un sourire taquin.

IV – LE 10 DOWNING STREET

Six semaines plus tard, accompagnés des professeurs Brisson et Ortega, John Perry et Solène Dujardin furent reçus à Londres, au 10 Downing Street, par le Premier ministre de sa Majesté en personne, Vince Taylor. Celui-ci était un homme grand et sec avec des cheveux bruns parfaitement coupés, le regard froid et vif, l'anti « Sir Winston Churchill » par excellence.

Il salua les éminents scientifiques, puis son ancien collègue John Perry en lui serrant fermement la main et s'inclina devant la jeune femme à la manière « vieille France ».

— Asseyez-vous ! leur dit-il en faisant un geste de bienvenue. Nous n'avons pas beaucoup de temps, mais j'ai accepté de vous recevoir puisque John a insisté pour cet entretien et, le connaissant, j'ai pensé que cela était important.

Les trois invités prirent place autour d'une petite table d'époque sur laquelle des boissons fraiches avaient été disposées.

— Grand merci Vince pour cette rencontre qui doit bousculer ton calendrier j'imagine, dit John Perry. Nous allons aller droit au but car ton temps est compté … Voici Solène Dujardin qui fait partie de l'équipe …

— … du professeur Brisson ! l'éminent égyptologue qui se trouve en face de moi ! coupa Taylor avec un geste de la main.

Les professeurs et Solène Dujardin, surpris, levèrent la tête en direction du Premier ministre.

— Comment … vous me connaissez ? demanda l'archéologue, totalement surpris.

Le papyrus de Djoser

— Oh ! veuillez m'excuser ! expliqua le Premier ministre avec un léger sourire. Pour gagner du temps je me suis informé autant que j'ai pu sur l'identité de mes futurs interlocuteurs. Cela fait partie du protocole ici et depuis longtemps … mais j'avais déjà entendu parler de vous dans ma précédente vie à « *Nature* » …

— Et je suppose donc que vous êtes le professeur Ortega, dit-il en se tourna vers le quatrième personnage.

Ortega inclina la tête en signe d'accord.

— Absolument ! répondit Ortega, enchanté monsieur le Premier ministre.

— Mais poursuit donc, John ! enchaîna Taylor, pardonne-moi de t'avoir interrompu …

— Que sais-tu exactement Vince de nos préoccupations ? questionna John. Toujours pour gagner du temps …

— Je suppose que vous n'êtes pas venus me parler de ce que tout le monde peut lire dans la presse, mais plutôt pour me faire part de choses plus confidentielles …

— C'est exact monsieur le Premier ministre … répondit Solène Dujardin.

— Vous pouvez m'appeler Vince ! Coupa Taylor.

— Vince … ok, poursuivit-elle sans se démonter. Je suis venue avec John et nos deux amis professeurs pour défendre un projet qui tient vraiment à cœur une partie importante de la communauté scientifique et qui, je suis sûre, va dans le sens de l'histoire …

— … il s'agit du projet de construction d'un Conservatoire Universel des Espèces, enchaîna-t-elle sans attendre. Le professeur Juan Miguel Ortega, ici présent, biologiste à l'Université de Madrid, saurait mieux que quiconque vous parler des nombreuses espèces en danger sur Terre en dépit des mesures prises à l'initiative de l'Union Internationale pour la Conservation de la Nature, l'UICN. Je crois comprendre que nous

Le papyrus de Djoser

n'avons pas suffisamment de temps pour le laisser s'expliquer, mais il reste à votre disposition si vous le souhaitez …

— Rassurez-vous Mademoiselle Dujardin, je suis bien informé de cette situation puisque l'ancien directeur de « *Nature* » que je suis m'a permis de côtoyer cette regrettable réalité, intervint Taylor. Qu'est-ce donc ce fameux Conservatoire Universel des Espèces ? et qu'a-t-il de différent des autres tentatives souvent décevantes pour la sauvegarde des espèces de la planète ?

— Le projet a l'originalité de reconstituer artificiellement certes, pour chaque espèce, non seulement les conditions climatiques de son habitat naturel mais également son milieu en termes de flores et de faunes afin de lui permettre de retrouver sa biodiversité telle qu'elle existait à l'origine. Monsieur le Premier … heu Vince ! se reprit-elle sous le regard bienveillant du Premier ministre.

— Vince ! Vous trouverez le détail du projet dans ces documents, dit-elle en posant un gros dossier sur la petite table.

— Je l'étudierai c'est promis ! mais dîtes-moi en quelques mots les grands chiffres du projet, demanda-t-il.

— Une architecture constituée de 26 espaces protégés par d'immenses dômes amovibles reliés par des galeries souterraines et répartis sur 7 sites géographiques pour une superficie totale de 50 km² bénéficiant de toutes les avancées technologiques. La première tranche est prévue pour accueillir 946 espèces, parmi les plus menacées. Des infrastructures uniques pour l'étude et l'analyse du comportement des espèces seront mises à la disposition des chercheurs, développa Solène Dujardin. L'originalité de ce projet c'est de proposer un habitat naturel aux espèces, identique à leur propre écosystème, ce qui leur permettra de trouver par eux-mêmes la nourriture dont ils ont besoin et qu'ils ont l'habitude de consommer.

— Son coût ? interrogea Taylor.

Le papyrus de Djoser

— 200 milliards de dollars pour cette première tranche, annonça-t-elle sans sourciller.

— Et je suppose que c'est en qualité de Président de la prochaine CICE, Conférence Internationale des Chefs d'Etat, que je dois envisager de défendre ce projet … remarqua-t-il imperturbable lui aussi.

— Oui Vince, bien évidemment ! confirma-t-elle en convenant intérieurement qu'il avait vite compris ce qu'ils étaient venus chercher.

— Et qu'est-ce qui vous fait croire que mes collègues … commença Taylor.

— Te connaissant bien Vince tu pourras facilement "vendre" ce projet, coupa John Perry avec un large sourire.

— Je dois avouer que dans la morosité de la conjoncture économique et politique mondiale actuelle, trouver des initiatives positives nouvelles n'est pas si facile pour les chefs d'état, en effet, reconnut le Premier ministre. Celle-ci est du pain béni pour redorer le blason de la CICE et mettre en avant un projet noble et rassembleur qui peut apporter un regain d'optimisme auprès de nombreuses populations déprimées …

— Et comme tu vas être le prochain Président de cette institution pour six mois, enchaîna Perry, tout le monde se félicitera des propositions enfin novatrices de la part d'un certain …

— Vince Taylor ! conclut celui-ci avec bonne humeur. Cela mérite en effet que j'y réfléchisse … Mais, malgré ton optimisme, John, mes collègues ne sont pas toujours enclins à prendre des décisions. Je les trouve souvent timorés …

— Il faut cependant auparavant que je t'informe d'une découverte ultra confidentielle … poursuivit John Perry. Avant de prendre ta décision tu dois connaître ceci …

— Eh bien, nous arrivons au cœur du sujet n'est-ce pas ? observa laconiquement Taylor en regardant tour à tour ses invités.

Le papyrus de Djoser

— Oui et non ! reconnut John Perry. Oui, si l'on considère l'énormité de la découverte que je vais te révéler, et non si l'on s'arrête au projet de Conservatoire Universel dont les atouts justifient à eux seuls les investissements importants évoqués à l'instant.

— Alors ? de quoi s'agit-il ? interrogea Taylor.

— As-tu déjà entendu parler du projet « *papyrus* » mené par la communauté scientifique après la découverte des vestiges de l'ancienne bibliothèque d'Alexandrie … commença-t-il.

— Oui bien sûr John, dit Taylor. Je n'étais plus directeur du journal à l'époque, mais depuis peu seulement, et cette affaire a fait un tel bruit au niveau international …

— As-tu suivi les épisodes suivants ? et notamment ceux consécutifs à la découverte du « *papyrus de Djoser* », ainsi nommé en raison de son origine, la pyramide de Djoser, sur le site de la nécropole de Sakkarah ? demanda John Perry.

— Oui, mais plus vaguement … répondit Taylor. Il s'agissait d'un message énigmatique, faisant état d'un « secret de l'univers transmis par les dieux égyptiens via les animaux de la Terre » si je me souviens bien … ou quelque chose comme cela non ?

— Exact Vince, le professeur Brisson a révélé la découverte de ce papyrus lors du Congrès International d'Archéologie de Memphis, précisa Perry. De violents débats à propos de ce papyrus ont provoqué la scission de la communauté scientifique, un grand nombre de sceptiques ont estimé qu'il s'agissait d'un texte sans intérêt …

— … les autres scientifiques, dont font partie bien sûr les professeurs Brisson et Ortega, poursuivit Perry, sont favorables à l'opportunité de rechercher le fameux « *secret divin* » dans l'ADN des animaux terrestres et se sont réunis au sein d'un projet très peu médiatisé, le projet « ADN », dont tu n'as sans doute pas encore entendu parler …

Le papyrus de Djoser

Les sourcils du Premier ministre se haussèrent, pour marquer son intérêt et sa curiosité.

— Il y a deux semaines, j'ai été convié en Israël à Tel Aviv, dans le laboratoire du professeur Viktor Spielberg de l'institut Weizmann, spécialisé depuis fort longtemps dans le domaine de l'ADN et des ordinateurs moléculaires …

— Et … ? demanda Taylor le regard soudain allumé.

— … et, je t'épargne les détails techniques, continua Perry, mais Spielberg et son équipe ont découvert un début de message dans l'ADN de certains animaux …

— Grands dieux ! est-ce possible ? jura le Premier ministre visiblement excité par la nouvelle.

John Perry ne répondit pas et regarda Taylor en souriant.

— Dois-je en conclure que le projet défendu par mademoiselle Dujardin a un lien avec ce que tu me dis là ? interrogea Taylor tout en fixant Solène Dujardin.

— Brillante déduction Vince ! digne d'un Premier ministre ! railla le journaliste. Puisque nous sommes venus ensembles, c'est bien parce qu'il y a en effet un lien envisagé par certains scientifiques. Mais la découverte sur l'ADN que je viens d'évoquer est restée secrète jusqu'ici … pour la bonne et simple raison que les détracteurs du projet « *papyrus* », seront bien évidemment malveillants et enclins à s'opposer à ce projet de Conservatoire avec des arguments insidieux découlant de leur critique systématique du projet « *papyrus* ».

— Je dois donc comprendre, dit Taylor, que, même si le projet de Conservatoire est à lui tout seul digne d'intérêt, il va vraisemblablement permettre aussi, à une partie de la communauté scientifique, de tester l'hypothèse selon laquelle l'ADN de nos amis les bêtes contient un secret divin … mais je dois garder cela pour moi.

— Oui Vince, c'est exactement ça ! confirma Perry.

Le papyrus de Djoser

— Je te remercie pour ta franchise John, murmura le Premier ministre.

— C'est normal Vince ! c'est bien la moindre des choses, répliqua Perry.

Les deux professeurs, sourire aux lèvres, opinaient du bonnet sur leurs chaises.

— Et vous mademoiselle Dujardin ? demanda-t-il en se tournant vers la jeune femme. Je suppose que vous défendez le projet de Conservatoire parce qu'il est la première étape nécessaire pour les recherches sur l'ADN des animaux souhaitées par le professeur Brisson ?

— On ne peut rien vous cacher Monsieur le Premier ministre ! mais appelez-moi Solène, répondit-elle avec un grand sourire.

— J'aime bien votre franchise mademoiselle, euh … Solène ! dit Taylor avec un grand sourire. Mais bon ! à présent je dois vous laisser même si j'aurais voulu passer plus de temps avec vous, je reçois le Président du Bénin ! Le contenu de notre discussion risque d'être moins excitant ! Merci pour votre confiance, je vous tiendrai au courant de mes décisions sous peu, après avoir étudié l'énorme documentation laissée par mademoiselle Dujardin. Bonne journée à vous !

Les professeurs Brisson et Ortega, John Perry et Solène Dujardin sortaient du 10 Downing Street une demi-heure plus tard. Une fois dans la rue, Solène Dujardin se tourna vers John Perry et lui confia :

— Vous avez un Premier ministre très brillant ! dit-elle, je suis très honorée de l'avoir rencontré. Il a tout pigé en un temps record !

— Effectivement ! brillant ! reconnut le professeur Ortega.

— Génial ! s'exclama le professeur Brisson.

— Oui mais ça ne me surprend pas ! dit John. Il a toujours été un visionnaire, en particulier lorsqu'il était à « *Nature* ». Vous verrez qu'il va être en accord avec vous. D'ailleurs, Solène, j'ai trouvé que vous avez été très convaincante …

Le papyrus de Djoser

— Oh ! Merci John ! Voilà un compliment qui me va droit au cœur ! répondit-elle. Mais John, celui qui a été le plus fort d'entre nous, c'est vous !

— Comment ça ? vous vous moquez de moi ! se lamenta Perry. Ce n'est pas sympa ça Solène !

— Mais pas du tout ! répliqua la jeune femme. Je suis sincère John. Merci pour votre aide, vous n'étiez pas obligé de faire cela pour notre cause …

— Qui vous a dit que je l'ai fait pour votre cause ? railla-t-il.

— Ah bon ? dit-elle. Et pourquoi donc l'auriez-vous fait ?

— Mais pour ce fameux repas que vous m'avez promis à Tel Aviv !

Perry crut déceler un léger trouble sur le visage de la québécoise, tandis que les deux professeurs éclataient de rire.

V – La Conférence des Chefs d'Etat

Quelques semaines plus tard, la Conférence Internationale des Chefs d'Etat, réunie à Rome et présidée par Vince Taylor, se termina par une conférence de presse retransmise par la presse du monde entier. L'ensemble des chefs d'état présents se congratulèrent d'avoir pris une décision en commun, la construction d'un Conservatoire Universel des Espèces, vaste complexe destiné à abriter les espèces animales et végétales menacées d'extinction et, par précaution, progressivement, toutes les espèces encore présentes sur la planète Terre.

Placé sous l'égide de l'UNESCO, ce projet de conservatoire, prévoyait sept implantations localisées sur les différents continents de la planète et comportait une tranche de travaux initiale dotée d'un budget à hauteur de 200 milliards de dollars. Le premier site et le plus important d'entre eux, celui destiné à accueillir les animaux vertébrés, était prévu au Canada, dans la province du Manitoba au nord de Winnipeg et devait voir le jour en moins d'une année.

La nouvelle de la création du conservatoire universel des espèces et son slogan publicitaire « Protégeons la nature et les espèces vivantes ! », abondamment relayé par les médias et par les ONG internationales les plus représentatives, avait fait l'effet d'une bombe et fut à l'origine d'un regain d'optimisme à l'échelle planétaire. La popularité du Premier ministre de sa Majesté britannique, qui avait mis l'idée sur la table, dépassa de très loin toutes les espérances que Vince Taylor avait imaginées.

L'effet sur le moral des populations, attesté par un nombre de candidatures aux métiers concernant le maintien de la biodiversité jamais enregistré auparavant, fut bien supérieur à celui escompté à l'origine par les chefs d'état. Les indices des sondages des individus et des familles sur la confiance qu'ils accordaient en l'avenir étaient au

Le papyrus de Djoser

beau fixe. Le moral des entrepreneurs fut également en forte hausse et cela eut une répercussion sans précédent sur le niveau de chômage au niveau mondial. La morosité s'éloignait tandis que la confiance revenait …

Ce fut précisément cette période que Solène Dujardin choisit pour accepter l'invitation à diner faite par John Perry. Ils se retrouvèrent dans un restaurant chic du centre-ville de Londres. Arrivé le premier, Perry l'attendait, assis à une table en retrait des mouvements de la salle, et lorsqu'il la vit entrer et se diriger vers lui, il ne put s'empêcher d'admirer sa silhouette gracile, aux formes agréables. Elle était vêtue d'un court tailleur noir, avec des chaussures à talons, un sac à main assorti, et ses yeux bleus encadrés par ses boucles blondes attiraient tous les regards des hommes présents dans la salle.

Perry lui, portait des vêtements de golfeurs, très chics, et sa grande taille mettait en valeur sa démarche sportive qui était remarquée par la gent féminine. Il se leva pour accueillir la jeune femme et au moment de lui serrer la main, c'est elle qui tendit la joue sur laquelle il déposa une bise timide.

— Vous êtes ravissante, dit-il en l'invitant à s'assoir.

— Hum …, on sent votre côté frenchy …, répondit-elle avec un sourire charmeur.

— Comment savez-vous ? qui vous a dit ça ? demanda-t-il surpris mais souriant.

— On m'a dit que vous aviez des origines françaises, avoua-t-elle, et puis comme vous parlez parfaitement le français …

— Oui, admit-il, ma mère était française et j'ai vécu beaucoup en France. J'ai même fait une partie de mes études à Paris.

— Paris ! … s'exclama-t-elle les yeux au ciel, j'adore cette ville !

— Vous n'êtes malheureusement pas la seule, répliqua-t-il avec un sourire, et cela fait beaucoup de monde dans la capitale, surtout l'été ! Montréal est aussi une très belle ville non ?

— Certes oui, accorda-t-elle, mais il faut aimer la neige !

Le papyrus de Djoser

Il appréciait son accent québécois et prenait plaisir à la regarder, ce qu'elle avait bien sûr remarqué.

— Vous prenez du vin ? demanda-t-il après un court silence.

— Oui, dit-elle, mais j'ai vite la tête dans les nuages …

— Oh ! s'amusa-t-il, ça tombe bien, moi aussi … ça fait cela lorsqu'on n'a pas l'habitude d'en boire.

Elle lui jeta un regard complice.

Puis ils commandèrent le repas et Perry sélectionna un bourgogne blanc pour accompagner le même plat de poisson qu'ils avaient choisi.

Ils mangèrent en silence l'excellente truite qu'on leur avait servie, puis du fromage et, au dessert, ils jetèrent leur dévolu sur la glace au chocolat qu'ils semblaient adorer tous les deux, se trouvant ainsi de multiples goûts communs.

— Vous ne venez pas souvent à Londres, n'est-ce pas ? reprit Perry.

— Non, en effet, répondit-elle, ce soir je suis ici pour raisons professionnelles et j'ai pensé que nous pourrions passer un moment ensemble.

— Excellente idée ! dit-il. vous n'imaginez pas à quel point cela me fait plaisir.

Elle lui jeta un regard de braise et il fut le premier à détourner les yeux.

— Vous avez suivi, je suppose, la Conférence des Chefs d'Etat à Rome … reprit-il après une courte pause, comme pour changer de sujet.

— Oui bien sûr, affirma-t-elle avec enthousiasme, Vince s'est débrouillé comme un chef !

— Oui, j'en étais certain, assura-t-il. Il est vrai que ce projet est magnifique et facile à vendre, à la fois moral et dans l'air du temps. Nous devons bien cela à notre planète …

— Maintenant, observa-t-elle, il va falloir attendre la réalisation de la première tranche du conservatoire avant d'envisager que ne

Le papyrus de Djoser

commence l'analyse des ADN animaliers sauvages. Savez-vous, John, si le professeur Spielberg a progressé dans la mise au point de sa technique à base d'ordinateurs ADN ?

— Eh bien … dit-il, je dois le revoir très bientôt et je pense qu'il va attendre encore quelques mois avant de publier dans notre revue. Mais il ne perd pas son temps, puisque vous le savez, il veut produire les analyses sur l'ADN à un rythme industriel.

— Oui, affirma-t-elle, j'ai hâte de connaître la suite de ces recherches sur l'ADN des animaux, c'est passionnant !

— Rien ne dit cependant que nous serons en mesure de décoder les pictogrammes, observa-t-il, et d'en déduire le fameux message secret divin …

— Non en effet, rien ne permet de le dire, reconnut-elle, mais si c'était le cas, vous imaginez le retentissement que cela aurait ?

Il dodelina de la tête pour montrer son approbation. Un long moment de silence s'ensuivit durant lequel ils s'observaient, comme si aucun des deux n'avait envie de mettre fin à cet instant agréable. Ce fut Perry qui relança la conversation :

— Solène … commença-t-il en évitant son regard.

— Oui John ? l'encouragea-t-elle.

— Eh bien euh … je ne sais pas comment vous dire ça, mais …

— Mais ? insista-t-elle.

— Je souhaiterais vous revoir prochainement sans avoir à attendre le bon vouloir du hasard ou l'un de vos hypothétiques voyages professionnels à Londres … finit-il par lâcher.

— Est-ce une déclaration John ? demanda-t-elle d'un air amusé en le regardant droit dans les yeux.

— Prenez ça comme vous le voulez, dit-il mal à l'aise, mais ne vous emballez surtout pas ! j'ai seulement envie de passer un peu plus de temps avec vous …

Le papyrus de Djoser

— Oui, remarqua-t-elle avec ironie, vous souhaitez passer plus de temps avec moi pour faire avancer le projet « ADN », j'avais bien compris …

— Mais non ! coupa-t-il, arrêtez de vous moquer de moi ! vous avez parfaitement compris !

— Serait-ce alors du temps pour me faire la cour ? demanda-t-elle avec un large sourire.

— Ok ! on va arrêter là ! s'énerva-t-il en se levant de table. Il est temps que cette soirée se termine.

— Houlà ! je vous sens agacé John, veuillez m'excuser si je vous mets en colère …

— Je ne suis pas en colère ! s'exclama-t-il en se dirigeant droit vers la sortie.

Le papyrus de Djoser

VI – Le Conservatoire Universel des Espèces

Sept mois plus tard, l'inauguration de la construction du conservatoire universel des espèces, à Winnipeg, Manitoba, leur donna l'occasion de se rencontrer à nouveau. En effet, Perry y était invité par Vince Taylor, le Premier ministre britannique, et Solène Dujardin accompagnait le professeur Brisson. Ils n'avaient pas repris contact depuis leur chicane de cette soirée londonienne.

Ils se croisèrent à distance et Perry, froidement, lui adressa un simple geste de la main, sans se déplacer pour aller la saluer, puis disparut avec la cohorte des officiels. Elle était déçue qu'il ne prenne pas la peine de venir au moins lui serrer la main et elle pensa qu'il lui en voulait encore de leur petite altercation à Londres.

Amar Ben Kalifa, le directeur général de l'UNESCO, prit la parole devant un grand nombre de journalistes venus du monde entier retransmettre ce qui apparaissait aux yeux de beaucoup comme l'une des plus grandes initiatives en faveur de la sauvegarde du patrimoine de la planète.

> — Mesdames, messieurs, déclara-t-il notamment, j'ai l'immense honneur et privilège de participer avec vous à cette inauguration qui va permettre, enfin, de véritablement protéger ces faunes et flores terrestres que nous aimons tant et qui sont menacées de disparition. Il s'agit là de la plus importante résolution de l'ONU que nous ayons été amenés à prendre depuis plus d'un siècle !

Un tonnerre d'applaudissements salua cette déclaration enflammée.

S'ensuivirent les discours de plusieurs chefs d'états, parmi ceux qui avaient participé le plus activement au financièrement. Vince Taylor fut également invité à s'exprimer, et il en profita pour remercier notamment le professeur Ortega, le célèbre biologiste à l'Université de

Le papyrus de Djoser

Madrid, pressenti pour être le premier directeur du Conservatoire, ainsi que la multitude d'ONG qui avaient largement contribué à l'émergence de ce projet.

Ensuite commença la visite de la construction elle-même. Taylor et Perry embarquèrent dans le même véhicule électrique autonome, avec une dizaine d'autres passagers. Ils parcoururent ainsi un labyrinthe de galeries souterraines communicantes, permettant de relier tous les espaces habités par les animaux.

Ils atteignirent le premier de ces espaces, destiné à recevoir, dès l'ouverture, 235 espèces animales vivant en symbiose dans leur Afrique natale. Les animaux n'étaient pas encore arrivés mais la flore était déjà présente, avec une immense savane africaine à l'endroit même où les anciens champs de blé du Manitoba étaient auparavant cultivés, et avec des arbres hauts et dénués de feuilles, de brousse ou de forêts, Bubingas du Cameroun ou ébènes du Gabon. Des images projetées sur la toiture du dôme montraient un ciel bleu azur parsemé de nuages. On imaginait bien, sur le dôme du site, un coucher de soleil multicolore et typique des décors africains ...

Le véhicule s'arrêta un long moment afin qu'ils puissent admirer l'ampleur de la construction avec l'aide des commentaires de l'un des ingénieurs ayant participé à la réalisation de l'ouvrage. Il s'agissait d'un vaste espace, protégé par l'un des 26 dômes escamotables géants de l'architecture du conservatoire, répartis sur une superficie d'environ 50 km², sous lequel on pouvait voir une savane déjà haute sous un climat chaud et aride, typique de certaines régions africaines.

Le guide expliqua qu'un système automatique de régulation thermique à énergie renouvelable reconstituait, selon les saisons, les variations climatiques et météorologiques propres à chaque groupe d'espèces. Le site de cette première tranche du conservatoire avait été choisi dans le Manitoba canadien, endroit où le climat était resté très rude malgré le réchauffement climatique, en raison de l'existence d'une nappe d'eau souterraine qui permettait de produire de l'énergie géothermique bon marché.

Le papyrus de Djoser

L'ingénieur mentionna également qu'un réseau de caméras couvrant l'ensemble du site était conçu pour permettre aux scientifiques d'étudier et analyser le comportement des espèces.

Ils visitèrent enfin le bâtiment logistique du site, lieu d'une richesse technologique jamais égalée jusque-là pour une construction similaire. Le QG était implanté en sous-sol dans une immense salle où était disposée une multitude d'écrans de contrôle permettant de veiller sur l'énorme machinerie du centre névralgique du conservatoire.

Enfin, deux heures plus tard, le technicien termina la visite en avouant que terminer ces travaux pharaoniques dans les temps avaient été un véritable tour de force. L'inauguration s'achevait par un verre de l'amitié organisé dans la grande salle de réception du conservatoire. John Perry, debout devant le buffet des petits fours avec un verre de champagne à la main, discutait avec Vince Taylor et le professeur Ortega, lorsque Solène Dujardin soudain s'approcha d'eux sans qu'il l'ait vue arriver.

> — Bonjour Vince, bonjour professeur, dit-elle sur un ton triste, John, pouvez-vous m'accorder quelques instants, je vous prie ?

Surpris, Perry ne put refuser devant la détermination de la jeune femme et ils s'écartèrent légèrement du groupe, tandis que Taylor et Ortega, intrigués mais discrets, feignaient d'ignorer ce qui se passait. Solène Dujardin prit le bras de Perry et l'éloigna un peu plus loin des autres, de sorte qu'ils ne puissent les entendre.

> — John, dit-elle en le regardant droit dans les yeux, pourquoi cette attitude si injuste envers moi ? qu'ai-je fait qui mérite pareil dédain de votre part ?

Perry, décontenancé par la franchise de la jeune femme, ne put que bredouiller des mots incompréhensibles.

> — Le grand et célèbre journaliste John Perry a subi un échec en tentant de séduire une femme sans importance ? est-ce une raison si grave que cela pour passer de la complicité à l'ignorance ? ou bien votre statut d'homme de presse connu et

reconnu vous donne-t-il un droit de conquête ou un pouvoir sur toutes les femmes ? vous résister est-il si inconvenant ?

— Mais ... Solène, vous vous êtes moquée de moi, finit-il par dire, un simple refus aurait suffi ... inutile de ...

— J'attendais que vous me demandiez la raison ... coupa-t-elle avec tristesse.

— La raison ... ? interrogea-t-il.

— La raison pour laquelle je n'ai pas dit "oui" ! asséna-t-elle avec force.

Perry semblait perdu dans la conversation et il mit un court instant à reconstituer l'enchaînement des bouts de phrase et à comprendre enfin le sens du dialogue.

— Si vous n'avez pas dit "oui" à mon invitation, finit-il par articuler, c'est sans doute pour de bonnes raisons que je n'ai pas à connaître !

— Bien sûr ! lâcha-t-elle avec de la lassitude dans la voix, c'est évidemment bien trop dégradant de s'abaisser à demander un éclaircissement à une personne qui représente si peu d'intérêt dans votre monde de célébrités ...

— A votre tour ne soyez pas injuste envers moi, l'interrompit-elle. Vous savez très bien que vous avez de l'intérêt pour moi ... je venais d'ailleurs de vous l'avouer ...

— C'était pour moi une preuve de votre intérêt que de vous préoccuper un peu des raisons personnelles qui m'ont poussée à ne pas répondre favorablement tout de suite à votre proposition ! vous n'avez même pas cherché à savoir ...

Il y eut quelques secondes de silence durant lesquelles Perry se rendit compte qu'il avait sans doute commis une erreur et qu'il avait mal interprété l'attitude de la jeune femme lors de cette soirée londonienne.

Le papyrus de Djoser

> — Vous prenez ma timidité et mon inexpérience des femmes pour
> un ego surdimensionné … balbutia-t-il mal à l'aise et le regard
> fixé au plafond, et je m'en excuse.

> — Pourquoi n'avez-vous pas accepté ? finit-il par demander d'une
> voix basse sans attendre sa réponse. Quelles sont ces raisons
> personnelles ?

> — Comment ? dit-elle avec un léger sourire, je n'ai pas entendu ce
> que avez dit …

> — Pourquoi n'avez-vous pas accepté ? répéta-t-il en haussant le
> ton et en la regardant enfin droit dans les yeux, pour quelles
> raisons personnelles ?

> — Eh bien … avoua-t-elle d'une voix claire, je ne suis pas seule …

> — C'est, en effet, une excellente raison … dit-il soudain comme
> abattu. Pourquoi ne pas me l'avoir dit aussi simplement que
> maintenant ? j'aurai très bien compris …

> — Non, mais ça n'est pas ce que vous croyez, s'empressa-t-elle de
> répliquer. Je ne suis pas seule … j'ai une petite fille de six ans …
> qui vit avec moi, son père et moi avons divorcé il y a trois ans.

John Perry mit un certain temps avant de comprendre la situation, puis
il prit une bouffée d'oxygène avant de poursuivre :

> — Me croyez-vous donc incapable de comprendre votre situation ?
> situation que vivent beaucoup de gens d'ailleurs et qui n'a rien
> d'extraordinaire, alors pourquoi me l'avoir caché ?

Ce fut au tour de Solène Dujardin de ne pas être tout à fait à l'aise pour
donner des explications.

> — D'une part, dit-elle, je ne voulais pas que l'existence de ma fille
> puisse être un prétexte pour vous enfermer dans une position
> d'attente inconfortable, je souhaitais vous savoir libre de vos
> mouvements …

> — Et d'autre part ? demanda Perry en haussant les sourcils en
> même temps que les épaules.

Le papyrus de Djoser

— Et d'autre part, poursuivit-elle un peu embarrassée, je ne voulais pas non plus que cela soit une entrave à notre ... relation !

— Légère contradiction féminine et mauvais calcul ! enchaîna-t-il l'air professoral. D'une part, sachez que je ne suis pas du genre à me laisser « enfermer dans une position inconfortable » que je ne souhaite pas ...

— ... et d'autre part, conclut-il, si cela devait être une « entrave à notre relation », comme vous dites, combien de temps espériez-vous me le cacher ?

Solène Dujardin prit un air peiné avant de déclarer :

— John, avoua-t-elle, je crois que nous n'avons pas très bien réagi, l'un et l'autre, durant cette soirée à Londres ...

— Oui, dit-il, nous avions tout faux !

— Pensez-vous que cela puisse être réparé ? demanda-t-elle avec un grand sourire.

— Il faut que je réfléchisse ... railla-t-il l'œil amusé.

— Peut-être aurons-nous une chance de reprendre les choses comme il se doit, affirma-t-elle, puisque la structure archéologique du professeur Brisson vient d'être transférée de Montréal à Londres, au British Museum, et j'ai demandé ma mutation pour faire partie du staff logistique ...

— Oh ! s'exclama-t-il, cela signifie-t-il que nous serons plus proches et que nous pourrons nous voir plus souvent ? ...

— ... mais à une condition ... rajouta-t-il aussitôt.

— Laquelle ? s'empressa-t-elle de demander.

— Comment s'appelle votre petite fille ? dit-il imperturbable et sérieux.

— Maria, pourquoi ? répondit-elle.

— Eh bien, la condition est que vous commenciez par me présenter votre fille Maria ! exigea-t-il.

Le papyrus de Djoser

— Je pense que cela est envisageable … accorda-t-elle avec un large sourire.

VII – LE PROJET « ADN »

Quatre mois plus tard, John Perry fut convié à se rendre en Israël dans le service de biologie génétique du professeur Viktor Spielberg de l'institut Weizmann avant la publication de sa découverte dans « *Nature* ». L'équipe du professeur Spielberg avait perfectionné la méthode d'analyse de l'ADN animal en robotisant les processus de production des pictogrammes. Peu de temps après l'officialisation de la construction du conservatoire, le projet « ADN » pouvait démarrer, avec l'objectif de réunir les souches ADN des espèces vivantes et déchiffrer la parcelle du « *secret divin* » qu'elles détenaient.

Perry entra dans le bureau en appréciant la fraicheur de la pièce et salua le professeur Spielberg, assis derrière sa table de travail.

— Bonjour John ! l'accueillit le professeur. Prendrez-vous du thé ?

— Bonjour Viktor, répondit Perry en acceptant le verre que lui tendait son hôte, alors ça y est ? c'est une grande aventure qui commence ?

— Euh … grande aventure … je ne sais pas ! dit Spielberg, mais c'est parti oui !

— Comment se présentent les choses ? questionna Perry.

— Plus ou moins bien … répliqua Spielberg avec une grimace. Nous obtenons des pictogrammes à peu près stables pour les animaux sauvages, mais pas pour les mêmes animaux domestiques … comme si le message avait été brouillé. Ceci est vrai pour le chat par exemple !

— Brouillé par quoi selon vous ? demanda Perry.

— Comme s'il y avait une dégénérescence génétique provoquée par les années de domestication, répondit le professeur. Le résultat est dramatique, nous obtenons différentes versions du pictogramme génétique et nous ignorons lequel est le plus proche de l'original ! sans doute est-ce celui qui appartient aux animaux restés les plus sauvages, mais nous n'avons aucun moyen de le vérifier.

— Quel sont les animaux que vous avez testé jusqu'ici ? interrogea Perry.

— Eh bien, par exemple, nous avons pas mal de succès avec Horus, le dieu faucon, dit Spielberg, et beaucoup moins avec Thot, dieu à tête d'ibis, du succès avec Aker, le dieu lion et bien moins avec Bastet, la déesse à tête de chat. De manière générale, nous obtenons une image de bonne qualité avec les animaux qui ont une correspondance avec un dieu ou une déesse égyptienne, et une image très floue avec les autres, voire pas d'image du tout, comme avec l'éléphant, le cheval ou le rat qui ne font pas partie des dieux égyptiens.

— C'est néanmoins extraordinaire ! s'exclama Perry. Cela prouve bien qu'il y a quelque chose … même si vous n'arrivez pas à trouver exactement quoi …

— Oui, concéda le professeur, à l'évidence la corrélation est bien réelle, mais je doute que nous ayons suffisamment d'éléments pour parvenir à décoder un quelconque message … en tout cas, les premières analyses cryptographiques réalisées par des spécialistes, nos collègues de l'Université de Californie à Berkeley, sont négatives. A ce jour, nous ne savons toujours rien à propos de cette pictographie totalement inconnue, nous n'avons aucune idée sur le nombre d'images nécessaires pour trouver un fil conducteur et nous sommes dépourvus d'indice pour envisager la moindre piste. Je ne suis pas très optimiste pour la suite …

— Mais votre travail n'est pas fini n'est-ce pas professeur ? remarqua Perry.

— Absolument ! répondit Spielberg, les animaux sur lesquels nous avons fait les prélèvements jusqu'ici sont tous issus de zoos et

Le papyrus de Djoser

ne proviennent en aucun cas de réserves naturelles et encore moins d'individus à l'état sauvage. Dans quelques semaines nous pourrons disposer d'échantillons prélevés sur des animaux du conservatoire des espèces, avec de fortes chances pour que leur ligne génétique soit plus directe et donc intacte.

Il sortit une clé magnétique de son bureau et l'enficha dans une prise prévue à cet effet. Aussitôt, une série d'images holographiques défilèrent devant les yeux ébahis de Perry. Elles représentaient, pour la plupart, des signes complexes, formés de circonvolutions et de lignes courbes donnant soit des ovales, soit des traits harmonieux qui faisait penser à des dessins animés.

— Voici les pictogrammes les plus stables que nous ayons obtenus, commenta le professeur, ceux-ci proviennent de la gazelle, la déesse *Anoukis*, de la grenouille, la déesse *Héket*, et du scarabée, le dieu créateur *Khépri*. Comme vous pouvez le voir, John, ces symboles sont parfaitement nets et précisément dessinés. Mais ils ne ressemblent en rien à toutes les formes d'écriture que nous connaissons. La seule certitude que nous ayons est que cela n'est pas un alphabet, mais plutôt une forme d'écriture cunéiforme ancienne … peut-être à l'image des logogrammes des codex mayas, à moins, au contraire, qu'elle ne soit tellement futuriste que nous n'avons même pas l'imagination suffisante pour l'interpréter …

— … les plus anciens témoignages d'écriture connus datent de 3.300 avant notre ère en Mésopotamie et ce sont des tablettes sumériennes représentant une écriture pictographique, poursuit-il. Sommes-nous plus proche de cette forme d'écriture primitive ou bien avons-nous affaire à "quelque chose d'autre" ?

— Pourrait-on la qualifier « d'extraterrestre » ? demanda soudain Perry.

— Je ne sais pas … répondit Spielberg avec un léger sourire sur les lèvres. Vous savez, John, personnellement je ne suis pas tenté par l'idée à laquelle croient quelques-uns de mes confrères, à savoir que le « *papyrus de Djoser* » soit une émanation des dieux

Le papyrus de Djoser

égyptiens à tête d'animaux et encore moins qu'il y ait une quelconque origine extraterrestre dans tout ça !

— Ah bon ? interrogea Perry en levant regardant le professeur dans les yeux, vous faites donc partie des "sceptiques" ?

— Non, pas du tout, ni croyant ni sceptique, répliqua celui-ci, j'essaye d'être simplement le plus neutre possible, c'est, selon moi, la qualité première de la démarche scientifique et c'est celle que je m'impose avec un maximum d'objectivité et de rigueur. D'ailleurs, ainsi, la nature de mes conclusions ne souffrira d'aucune suspicion ni de parti pris …

— … mais, rassurez-vous John, ne vous méprenez pas, enchaîna-t-il, je n'éprouve aucune agressivité à l'égard de ceux qui font leur métier avec passion. C'est d'ailleurs grâce à eux si cette aventure a pu démarrer et si nous vivons ces instants fabuleux … et vous John, croyez-vous aux aspects surnaturels de ce papyrus ?

— Je suis un peu comme vous, dit Perry après un court moment de réflexion, mes obligations de journaliste dans une revue scientifique comme « *Nature* » m'imposent bien évidemment de garder la tête froide et de juger avec raison plutôt qu'avec passion. Mais j'avoue que l'histoire serait incroyablement belle si …

— … si l'humanité trouvait ses origines dans le cosmos ? coupa Spielberg d'un air faussement mystérieux, et que nous soyons les descendants d'une civilisation venue d'une autre galaxie, n'est-ce pas ?

Perry crût bon de ne pas répondre aux propos sarcastiques du professeur Spielberg et parvint à garder son calme en prenant congé de lui.

Le papyrus de Djoser

VIII – Le Premier ministre

Lorsque John Perry, accompagné de Solène Dujardin, entra dans le bureau du Premier ministre, au 10 Downing Street, ils ressentirent tous deux la fraicheur de l'air de la pièce tandis que, dehors, la fournaise de l'été avait pris possession de Londres. Vince Taylor, se leva et vint leur serrer la main :

— Solène, dit-il admiratif, vous êtes en beauté … et vous semblez épanouie ! est-ce que John y est pour quelque chose ?

— Sans doute, répondit-elle en rougissant légèrement avec un rapide coup d'œil en direction de Perry, mais vous Vince, au contact de John, ne seriez-vous pas devenu aussi flatteur qu'un français ?

Taylor partit d'un rire franc et chaleureux :

— Je suis ravi de vous voir, déclara-t-il, c'est l'occasion, chaque fois, de m'évader des tristes obligations d'un Premier ministre. Quelles sont donc les nouvelles du monde des "sachants" John ?

— Eh bien, l'aventure se poursuit, répondit Perry, mais j'ai le sentiment qu'il va falloir redescendre sur terre à propos du message secret divin …

— Ah ! s'étonna le Premier ministre, ça n'est pas divin ?

— On ne sait pas ! expliqua Perry, et on ne saura sans doute jamais, mais les résultats des analyses ADN débouchent sur pas grand-chose. Le professeur Spielberg m'a clairement laissé entendre que les éléments sont trop incomplets pour déchiffrer quoique ce soit à partir de ses travaux. Il est sur le point de publier ses conclusions, sans doute lors du prochain congrès de Stockholm …

Le papyrus de Djoser

— Dommage ! s'exclama Taylor. L'histoire commençait à plaire au public, les enquêtes le montrent, et son impact sur les foules avait un effet sans précédent. Ce genre de conte de fée s'apprêtait à balayer la prudence des scientifiques et avec le concours de la presse people, tout semblait mis en œuvre pour ne retenir que les aspects sensationnels et mystiques.

— Comment sais-tu ces choses-là ? questionna Perry.

— Lorsqu'on est Premier ministre, on a des obligations certes, mais on se doit également d'être bien informé à partir d'une multitude d'études et de sondages en tous genres qui nous permettent d'anticiper l'humeur et les désidératas des foules ! la nouvelle de ce fameux « *secret divin* » enfoui dans les gênes des animaux faisait un véritable carton sur les couches populaires du monde entier. En Angleterre, l'engouement pour cette histoire, bien vendue par les tabloïdes, avait au moins autant de succès que les péripéties amoureuses des membres de la famille royale !

— Mais Vince ! observa Solène Dujardin avec un léger sourire railleur. On croirait que cette histoire n'a pas d'autres utilités pour vous que celles qui vous permettent de manipuler les opinions publiques …

— Je comprends votre déception Solène, répliqua le Premier ministre, mais l'un n'empêche pas l'autre ! cette histoire peut très bien être, à la fois, un récit légendaire pour les foules et utile pour garder le moral de celles-ci au beau fixe … l'humeur des gens est un facteur très important pour maintenir l'ordre dans un pays ! et par les temps qui courent la stabilité reste très fragile, alors il n'y a rien de tel qu'un peu de rêve pour préserver la paix sociale !

— J'avoue que je n'avais pas vu les choses sous cet angle-là, admit Perry.

— Mais Vince, ce que vous appelez l'humeur des foules … comment cela se traduit-il concrètement ? demanda Solène Dujardin.

Le papyrus de Djoser

— Eh bien, depuis que le « *papyrus de Djoser* » et l'annonce du conservatoire des espèces ont fait l'objet d'une vaste publicité dans la presse people, dit le Premier ministre, toutes les études confirment une forte recrudescence de l'activité associative autour des valeurs mystiques et religieuses. On assiste à une ferveur sans précédent en faveur de l'adhésion à des groupes, à des clans, ou même à des sectes parfois, qui prospèrent comme jamais on ne l'a vu par le passé. Dans certains cas même, les raisons sociales affichées par ces organisations sont si radicales que les services de renseignement les considèrent comme dangereuses.

— Et tu penses que les aspects mystiques contenus dans le projet « ADN », dans la continuité des deux autres projets, en déduisit Perry, seraient de nature à renforcer cette tendance ...

— Oui, exactement ! cela ne fait aucun doute ! confirma Taylor.

— Peut-être alors qu'une annonce pessimiste à l'égard du « *secret divin* » vaut mieux que le contraire, remarqua Perry songeur. Cela peut contribuer à calmer l'ardeur des foules à propos des sectes ...

Le Premier ministre prit le temps de réfléchir un instant avant de répondre, l'air soucieux :

— J'aurais plutôt tendance à penser que cela aura un effet très négatif, dit Taylor.

— Comment cela ? questionna Solène Dujardin.

— Oui, enchaîna le Premier ministre, je crains que la déception ne soit mauvaise conseillère auprès de ces excités de tous bords. La prolifération de ces églises, à la tête desquelles se trouvent des prophètes et gourous en tous genres, des charlatans pour la plupart, est une source potentielle de violences. Tant que les fidèles peuvent être rassasiés avec des contes chimériques et que les affaires prospèrent, il y a peu de risque que la situation se détériore. En revanche, si la source du message ésotérique se tarit, le risque d'une explosion grandit et nous pourrions être confrontés à des troubles sociaux sans précédents.

— Tu dis cela Vince, mais tu n'as aucune certitude, n'est-ce pas ? demanda Perry intrigué par le scénario catastrophe décrit par Taylor.

— Je n'ai aucune certitude en effet, répondit le Premier ministre, mais cela est une hypothèse sérieusement envisagée par les services secrets, non seulement britanniques, mais en France, en Italie et en Espagne, ou bien même en Allemagne les prévisions sont convergentes. Sans parler des Etats-Unis où la situation est encore pire que chez nous, la structure archi-communautaire de la société américaine étant un facteur d'aggravation de ces phénomènes.

— Et à quoi faut-il s'attendre précisément si cette dérive survient ? s'enquit Solène Dujardin.

— Eh bien pour être franc avec vous, j'avoue que je ne le sais pas très bien moi-même … dit le Premier ministre, sans doute des troubles de l'ordre public, de la violence et que sais-je encore ? nous travaillons, avec nos alliés occidentaux, pour élaborer des stratégies alternatives, mais, jusqu'ici, nous avons été incapables d'imaginer la moindre solution crédible.

— Pouvons-nous t'aider Vince ? demanda Perry, comme toi tu l'as fait pour nous …

— Oui, répondit Taylor après une courte réflexion, j'ai une totale confiance en vous et, par les temps qui courent, cela n'est pas négligeable. Alors, vous pouvez m'aider en restant au contact de la communauté scientifique, dont dépend beaucoup de choses dans cette affaire, et en gardant un œil sur l'évolution de la situation.

— Tu peux compter sur moi Vince, déclara Perry en lui tapant sur l'épaule.

— Sur moi aussi ! affirma Solène Dujardin d'une voix assurée.

Le papyrus de Djoser

— Merci Solène, merci John, répondit le Premier ministre avec un sourire bienveillant, je n'en attendais pas moins de vous !

Le papyrus de Djoser

IX – Le Congrès de Stockholm

Le Congrès International d'Archéologie de Stockholm était très attendu après la publication des travaux du professeur Viktor Spielberg dans la revue « *Nature* ». L'annonce du projet « ADN », abondamment reprise par les médias qui ne se privaient pas de faire le rapprochement avec les révélations faites lors du congrès de Memphis, relança la polémique au sein de la communauté scientifique. Le professeur Donovan Stanley, éminent archéologue du British Muséum of London, était devenu entre-temps le porte-parole des « sceptiques », opposés à l'idée que le « *papyrus de Djoser* » puisse avoir une signification mystique. Il assistait au congrès de Stockholm et était présent à la communication présentée par le professeur Spielberg.

Lorsque celui-ci entra dans la salle de conférence il put constater qu'elle était comble, avec de nombreuses célébrités scientifiques, et parmi eux le professeur Brisson, le professeur Stanley, le professeur Ortega, le professeur Van Berger, le professeur Albertino et bien d'autres. Il y avait aussi beaucoup de journalistes de la presse écrite et télévisuelle qui couvraient l'événement, au premier rang desquels on trouvait John Perry de la revue « *Nature* », Peter Kranowsky du *Sun*, Samuel Rosicky de C.B.S. et Angel Di Maria du *Washington Post*.

— Mesdames et messieurs, commença Spielberg, vous n'ignorez pas que notre équipe, basée à l'institut Weizmann en Israël, a entrepris, il y a maintenant un peu plus de dix-huit mois, le projet « ADN », c'est-à-dire la recherche systématique de pictogrammes génétiques inscrits dans l'ADN de certains animaux, grâce à une technique maîtrisée par nos techniciens connue sous le nom « d'ordinateur moléculaire ». Alors voici nos résultats acquis jusqu'à aujourd'hui ...

Le papyrus de Djoser

Pendant qu'il parlait, des images en relation avec le sujet traité défilaient sur un vaste écran holographique.

— Durant ces derniers mois, enchaîna-t-il, nous avons perfectionné énormément la méthode de recherche, notamment en robotisant l'exploration pour passer de deux semaines à 24 heures pour obtenir une image avec une résolution de 4.096 pixels …

Déjà des mains se levaient pour demander des éclaircissements et le président de séance interrompit l'exposé :

— Veuillez attendre la fin de l'intervention du professeur Spielberg, dit-il d'un ton ferme, avant de poser vos questions ! poursuivez professeur Spielberg …

— Tout au long de ce projet, poursuivit Spielberg, nous avons analysé plus de 120 ADN d'animaux de toutes espèces et de tous les continents, au début en provenance exclusive de zoos, ensuite nous avons pu bénéficier d'espèces vivants dans le conservatoire universel de Winnipeg et donc plus sauvages …

La salle fut alors parcourue de murmures bruyants en guise de protestation orchestrée par le professeur Donovan et le président dut hausser le ton pour rétablir le calme et inviter Spielberg à continuer.

— La première constatation que nous ayons faite est celle-ci, dit-il. Pour les animaux de la seconde vague, c'est-à-dire provenant du conservatoire de Winnipeg, les pictogrammes obtenus sont bien plus nets et donc plus précis que ceux des mêmes animaux de la première vague, c'est-à-dire provenant de zoos. Pour les animaux qui sont devenus domestiques, comme les canidés par exemple, les images décodées sont très floues. Nous ne connaissons pas avec certitude les raisons de ces différences, mais certains généticiens pensent, que dans les zoos, ou bien au contact de l'homme, il pourrait y avoir une dégénérescence de l'ADN des animaux, due à l'apport artificiel de nourriture, qui aurait ainsi provoqué la perte de leur intégrité génétique, et notamment celle de prédateur …

Le papyrus de Djoser

A nouveau, l'amphithéâtre fut secoué de bruits et chuchotements que le président dut calmer d'un geste autoritaire de la main.

> — La seconde constatation est la suivante, poursuivit Spielberg. Pour la plupart des animaux, le pictogramme, ou le logogramme comme diraient plus précisément les linguistes, l'image révélée donc, est tout simplement inexistante ! et c'est une infime quantité d'espèces, seulement quelques pourcents, qui présentent une image détectable selon notre méthode ! là encore, la raison exacte n'est pas connue, mais nous avons pu remarquer que, la plupart de ceux qui sont réactifs à nos tests sont les animaux qui ont été représentés par les dieux de la mythologie égyptienne ... la plupart, mais pas tous !

Un brouhaha énorme envahit la salle. Le président eut beaucoup de mal à ramener le silence.

> — ... chiens, chats, chacals, taureaux, vaches, singes, lions, gazelles et hippopotames, continua le professeur, pour ne citer que ceux qui représentent les principaux dieux. Mais nous avons aussi des pictogrammes clairs pour des animaux comme le jaguar ou bien le pélican, qui, à notre connaissance n'ont pas été associés à des dieux égyptiens. Nous avons également noté ceci, les canidés, les serpents et les crocodiles présentent deux formes bien distinctes de pictogrammes qui n'ont aucune similitude entre eux.

> — Chacun sait ici que je ne suis pas un de ceux qui pensent que les extraterrestres sont pour quelque chose dans le fameux message du « *papyrus de Djoser* », dit-il après une pause pour évaluer l'impact de ses propos sur l'auditoire, mais force est de reconnaître que cette coïncidence avec les dieux égyptiens est troublante. Alors, si quelqu'un peut nous donner une explication, nous sommes preneurs ...

Il y eut des applaudissements dans la salle, des sifflets et des vociférations au point que Spielberg eut du mal à terminer son exposé. Tandis que des images de certains pictogrammes défilaient sur l'écran, celui-ci put reprendre la parole :

Le papyrus de Djoser

— Chers amis, dit-il, ce travail nous a permis de déchiffrer 39 pictogrammes exploitables, mais, au dire des plus éminents cryptologues, cela sera très insuffisant pour espérer percer le mystère de leur langage et trouver la clé que certains espéraient. De l'avis de ces experts, cette écriture a quelques ressemblances avec celle des Mayas, mais le nombre de signes est très insuffisant pour procéder à un traitement de cryptanalyse fiable. Nous pensons, mon équipe et moi-même, que le projet « ADN » est arrivé à son terme et, en dépit de la déception de certains, il nous semble qu'aucun début d'interprétation ou de traduction de ces signes ne pourra être obtenu à partir de ces seuls éléments …

— … voilà, je suis prêt à répondre à vos questions …

La salle retrouva peu à peu son calme après une nouvelle phase de sifflets mêlés aux d'applaudissements et le président donna la parole au professeur Donovan Stanley qui piaffait d'impatience :

— Chers amis, dit-il, je voudrais d'abord relever que les instigateurs du message soi-disant extraterrestre sont les mêmes qui ont intrigué pour la construction du conservatoire des espèces dans le but de procéder tranquillement aux expérimentations sur l'ADN animalier dont les résultats viennent de nous être présentés …

Des sifflets jaillirent des rangées de sièges de l'amphithéâtre.

— … les tenants de cette théorie absurde ont échoué dans leur tentative de nous faire avaler des couleuvres et sont aujourd'hui couverts de ridicule. Non, il n'y a pas de « *secret divin* » dans ce morceau de papyrus ramené de la bibliothèque d'Alexandrie ! et il faut remercier le professeur Spielberg pour l'impartialité de son travail …

La salle fut encore une fois secouée par la réaction bruyante des participants. Le président parvint une nouvelle fois à imposer le silence en menaçant d'interrompre la séance. La parole fut donnée au professeur Albertino, le responsable du « *projet papyrus* », mis en cause par l'intervention de Stanley :

Le papyrus de Djoser

> — La logique de l'argumentaire de monsieur Stanley m'échappe !
> dit-il avec un sourire moqueur. Parce que les travaux du
> professeur Spielberg n'ont pu aboutir à un résultat tangible par
> manque d'éléments, il en conclut qu'il n'existe aucun message
> divin. Brillante conclusion ! si au terme de chaque tentative
> infructueuse, la science avait décidé d'abandonner ses
> recherches, nombre de vérités scientifiques bien établies
> aujourd'hui seraient restées méconnues ! et je gage que si
> monsieur Stanley fait preuve d'une logique analogue pour
> l'ensemble des missions qui lui sont confiées par le British
> Muséum, il est à craindre que la culture humaine soit devenue
> sous peu une science morte !

Il s'en suivit un tollé général provoqué par les cris et les vociférations
des soutiens et opposants à la thèse du professeur Stanley. Cette fois,
malgré les menaces, il fallut plusieurs minutes au président pour
ramener enfin le calme dans l'amphithéâtre. Au milieu du brouhaha, le
professeur Albertino put prononcer en élevant la voix :

> — Monsieur Stanley, parvint-il à articuler, veuillez répondre à
> l'interrogation du professeur Spielberg concernant le fait que les
> animaux ayant été représentés sous forme de dieux dans la
> mythologie égyptienne sont quasiment les seuls avec des
> résultats ADN positifs ! comment expliquez-vous cela, vous, le
> brillant archéologue ?

Lorsque la salle fut redevenue paisible, le professeur Stanley, furieux
de l'attaque prononcée contre lui, put répondre :

> — Il s'agit là d'une pure coïncidence ! vociféra-t-il, et ceci ne peut
> constituer, en aucun cas, la preuve de la véracité de vos
> croyances païennes !

Le président finit par ramener le calme pour donner la parole au
professeur Juan Miguel Ortega, biologiste à l'Université de Madrid.

> — Mesdames, messieurs, dit-il avec sérieux, j'ai une explication à
> vous soumettre pour répondre à l'interrogation du professeur
> Spielberg …

Le papyrus de Djoser

Le silence fut aussitôt ramené spontanément dans la salle car le professeur Ortega était un homme écouté de tous et qui jouissait d'un profond respect.

— L'étude de l'équipe du professeur Spielberg a montré une chose intéressante, développa-t-il. Les animaux concernés par une image bien identifiée sont tous, à quelques exceptions près, associés à une représentation divine égyptienne, parfait ! ...

— ... cependant, poursuivit-il, trois espèces, le chien, le serpent et le crocodile, montrent qu'en réalité ils présentent deux formes d'image bien distinctes. Et deux espèces, le jaguar et le pélican, ne sont en aucun cas associés aux dieux égyptiens. Donc, la conclusion est évidente ...

La salle était à présent plongée dans une quiétude quasi religieuse, pendue aux lèvres de l'orateur.

— Chiens, serpents, crocodiles, jaguars et pélicans étaient, c'est bien connu, quasiment les seuls animaux magnifiés par la civilisation maya. Ceci expliquerait pourquoi les trois premières espèces ont deux images, une pour les égyptiens et l'autre pour les mayas ! cela peut expliquer également, au passage, pourquoi les pictogrammes ont une vague ressemblance avec les glyphes des codex mayas ! d'ailleurs, à ma connaissance, la pyramide de Djoser est une construction pyramidale "à degrés", c'est à dire avec des faces en forme d'escalier, qui est une technique antérieure à celle des pyramides plus récentes, mais que l'on retrouve, tiens comme c'est étrange ! en Mésopotamie bien sûr, mais aussi chez les civilisations précolombiennes comme les Mayas ! ...

— ... nous avons affaire à deux civilisations anciennes, qui datent à peu près de la même époque, conclut-il, dont les animaux ont été "marqués" dans leur ADN, si je puis m'exprimer ainsi, par une "entité mystérieuse", pour rester prudent et ne froisser personne, qui est manifestement la même que celle qui est à l'origine du « *papyrus de Djoser* » !

Le papyrus de Djoser

— Ce que vous vous dites, cher ami, n'est pas en contradiction avec nos constatations, confirma Spielberg. En effet, si l'on considère la famille des canidés par exemple, on trouve le même type de pictogramme sur un sous-ensemble originaire d'Afrique du nord et un autre type de pictogramme, dont la différence est bien marquée, en provenance d'Amérique centrale. On peut d'ailleurs constater une chose analogue pour les serpents et les crocodiles. Ce qui accrédite fortement la thèse du professeur Ortega, selon laquelle l'origine géographique des animaux détermine exclusivement leur appartenance à un groupe génétique et donc logiquement à une typologie de pictogrammes …

— … le plus surprenant dans cette histoire, conclut-il avec une mimique comique, c'est que je suis arrivé ici avec une neutralité impartiale et que je vais repartir avec la conviction qu'un mystère ou une « entité mystérieuse », comme le dit si bien le professeur Ortega, entoure l'origine du « *papyrus de Djoser* » …

— Toute cette histoire n'est qu'un tissu de mensonges, le summum de la connerie ! se mit à vociférer le professeur Stanley hors de lui. C'est un coup monté par une bande d'illuminés qui se prétendent scientifiques …

— Plutôt que de vomir vos injures, monsieur Stanley, répliqua le professeur Albertino très excité, agissez en scientifique et essayez de réfuter les thèses qui vous sont présentées ! mais cela vous ne pouvez pas le faire, alors vous vous contentez de proférer des lieux communs !

Les sifflets et applaudissements fusèrent de toute part dans la salle et, désormais, il était devenu impossible de se faire entendre. Les tenants de la « théorie de Djoser », comme on l'appelait désormais, ainsi que leurs opposants, s'insultaient, se menaçaient et il fallut la clairvoyance de quelques-uns pour éviter qu'ils n'en viennent aux mains.

La séance s'acheva dans le désordre et la confusion la plus totale. Quelques semaines plus tard, le projet « ADN » était abandonné après avoir rendu ses conclusions définitives. Seuls 39 pictogrammes avaient

Le papyrus de Djoser

pu être identifiés mais aucune traduction du « *secret divin* » n'en avait pu être obtenue malgré les moyens techniques et informatiques importants dont disposaient les chercheurs.

Manifestement, le projet « ADN » se soldait par un échec et les sceptiques triomphaient …

Le papyrus de Djoser

X – Donovan Stanley

Il s'ensuivit alors un regain de la polémique entre les sceptiques et les partisans du « *papyrus de Djoser* ». Cette controverse prenait des proportions inattendues puisqu'elle se prolongeait dans les médias avec de plus en plus de virulence.

C'est dans ce contexte d'ignominie que le chef des opposants, le professeur Donovan Stanley, accepta de donner une conférence de presse devant les médias de la planète entière réunis dans l'une des émissions les plus populaires et les plus polémiques de la chaîne de télévision américaine CBS. Le décor de l'émission était grandiose avec d'énormes colonnes qui rappelaient les temples de l'Egypte antique, et avec des figurants déguisés en dieux égyptiens à tête d'animaux qui se tenaient immobiles sur le plateau.

L'animateur de l'émission était un petit homme aux doigts boudinés, crâne chauve, bedonnant, mais avec une violente pugnacité dans la provocation et le scandale, ce qui était d'ailleurs très recherché par son public.

— Professeur Stanley, commença-t-il l'interview, vous êtes l'une des figures parmi les plus renommées du British Muséum of London, pourtant, lors du congrès de Memphis et lors du dernier congrès international d'archéologie de Stockholm, vous n'avez pas hésité à prendre la tête d'une partie de la communauté scientifique contre ce que vous appelez la supercherie du « *papyrus de Djoser* ». Pouvez-vous nous dire pourquoi ?

— En trente années de ma longue carrière professionnelle, répondit Stanley, je n'avais jamais assisté à un tel dévoiement de l'esprit scientifique. Car, si l'on examine de près les faits qui sont à l'origine de cette théorie absurde, théorie selon laquelle un

Le papyrus de Djoser

papyrus, provenant soi-disant du début de la période antique d'Egypte, serait l'œuvre d'une civilisation extraterrestre ! tout cela repose sur du vent ! ...

— ... certains de mes collègues, poursuivit-il, ont visiblement troqué leur rigueur scientifique contre la croyance en une chimère ridicule et ont calqué leur comportement sur celui de gourous à la tête de sectes intolérantes ...

— ... si l'on prétend être un scientifique authentique, continua-t-il, comment peut-on croire en l'existence d'extraterrestres qui auraient pris la forme des dieux humains à tête d'animaux pour mieux coloniser la civilisation égyptienne ? si l'on prétend être un véritable scientifique, comment peut-on croire au sérieux d'un document qui invoque l'existence d'un « *secret divin* » caché dans l'ADN de certains animaux ? ...

— Pourtant, monsieur le professeur, coupa le journaliste, certaines sommités du monde archéologique, et autres experts de l'Egypte antique, comme le professeur Albertino, de l'Université de Californie Los Angeles, estiment que ce document, le « *papyrus de Djoser* » est parfaitement authentique et qu'il est susceptible de recéler un secret que l'on aurait tort d'ignorer.

— Le professeur Albertino n'est rien moins qu'un charlatan et un imposteur, déclara Stanley avec véhémence en s'adressant à la caméra. Ce monsieur, comme bien d'autres de ses complices, sont des manipulateurs qui travestissent la réalité et utilisent les médias pour influencer l'opinion publique avec des histoires de contes de fées à deux sous.

— Justement, professeur, relança le journaliste, l'opinion populaire semble prendre ces histoires comme une vraie bénédiction, dans cette période où la désespérance et la démoralisation sont monnaies courantes. N'est-il pas préférable d'adhérer à un conte de fée plutôt que de sombrer dans l'abattement ? la demande de nourriture spirituelle est grande en ces temps difficiles et il faut bien admettre que ces théories, que vous

Le papyrus de Djoser

qualifiez d'absurdes et de chimères, ont grand succès auprès des petites gens à qui elles apportent une lueur d'espoir …

— Oui, s'écria Stanley, et demandez-vous pourquoi les autorités sont bienveillantes à l'égard de ces bonimenteurs ? mais tout simplement parce que cela fait leur jeu, gratuitement, les foules étaient calmées sous la Rome antique, "avec du pain et des jeux", et aujourd'hui, elles le seront peut-être avec des sornettes et des niaiseries ! les gouvernants ont tout intérêt à encourager les semailles de ces balivernes, puisque cela fait rêver le bas peuple, et pendant ce temps, cela les occupe. Ils ignorent le chômage, la détresse et la misère.

— Mais, professeur Stanley, fit observer le journaliste, il y a deux semaines, lors du congrès de Stockholm, le professeur Spielberg, que l'on ne peut accuser d'être un charlatan, puisqu'il fait autorité dans le domaine des recherches sur l'ADN, a rendu compte de ses travaux qui montrent que l'ADN de certains animaux renferme des pictogrammes mystérieux, et fait curieux, il a observé cela uniquement sur les animaux qui étaient vénérés chez les égyptiens et qui étaient célébrés comme des dieux. Comment expliquez-vous cette étonnante découverte ?

— Pure coïncidence, s'exclama Stanley, d'ailleurs je vous ferai remarquer que le professeur Spielberg n'a tiré, lui-même, aucune conclusion à l'issue de ses travaux et que son projet est aujourd'hui abandonné !

— Pourtant la revue scientifique « *Nature* », insista le journaliste, a publié …

— La revue « Nature » interrompit brutalement Stanley, est devenue une "feuille de chou" qui publie des articles hautement fantaisistes avec une complaisance qui frôle la mauvaise foi et la propagande, et qui, pour moi, s'apparente désormais davantage à un tabloïde qu'à une revue scientifique sérieuse !

— Comme vous y allez, monsieur le professeur, constata le journaliste.

Le papyrus de Djoser

— Oui ! parce qu'il y en a assez de ces pseudo-scientifiques qui n'hésitent pas à semer le sensationnel pour récolter la notoriété ! voilà, j'en ai fini pour ce soir !

— Je vous remercie, professeur Stanley, pour avoir bien voulu répondre à nos questions, conclut le journaliste.

L'interview du professeur Stanley fit grand bruit dans la sphère médiatique et déclencha une multitude de réactions de la part des scientifiques de tous bords.

Quelques jours plus tard, le professeur Donovan Stanley était victime d'une agression qui lui coûta la vie, de la part d'un groupuscule fanatique intitulé "La vie éternelle", qui revendiqua cet acte. Dans ce climat délétère, une multitude de sectes et de groupes extrémistes en tous genres s'étaient constitués pour combattre les détracteurs du message, biblique pour les uns, coranique pour les autres, ou bien encore bouddhiste.

Donovan Stanley n'était pas la première victime de ces groupuscules et sans doute pas la dernière non plus ...

Le papyrus de Djoser

XI – LE SECOND FEUILLET

Une réunion de crise fut alors organisée par Vince Taylor avec John Perry, Solène Dujardin, le professeur Brisson et un invité de dernière minute, le professeur Albertino. Le bureau du Premier ministre était toujours aussi riche de pièces de toutes sortes authentiques et anciennes, dignes de figurer dans les meilleurs musées. Des meubles, des tableaux, des lampes, des tapis et des horloges ornaient la petite pièce et Taylor siégeait devant la bibliothèque de style encastrée dans le mur derrière lui. Il portait des vêtements décontractés pour cette réunion non protocolaire, comme s'il partait en vacances, mais qui auraient été de fort mauvais goût pour une représentation officielle. La fraicheur de la pièce contrastait avec la chaleur extérieure et du thé glacé les attendait sur la petite table de travail où ils prirent place.

— Chers amis bonjour, dit-il en les accueillant chaleureusement la main tendue, entrez et installez-vous. Bienvenue à vous professeur Albertino !

Après que les invités se soient assis autour de la petite table de travail, le Premier ministre prit la parole :

— Depuis notre dernier rendez-vous, la situation s'est fortement dégradée et les choses se sont aggravées dans quelques contrées lointaines pour l'instant, dit-il. Les rapports qui me parviennent font état de troubles graves aussi bien dans les favelas de Rio de Janeiro que dans les régions les moins favorisées de l'Inde ou du Pakistan. C'est également le cas à Manille, Shanghai, Mexico ou Caracas, où des manifestations spontanées ont fait l'objet de répressions sévères. Le bilan se traduira sans doute par des morts et de nombreux blessés, même si la presse n'en parlera peut-être pas, car les autorités essaient de museler les médias locaux …

Le papyrus de Djoser

— … les raisons de ces rassemblements violents restent encore mystérieuses pour le moment, mais nos services de renseignements, qui travaillent sur place, affirment qu'ils sont corrélés à une forte présence de sectes plus ou moins religieuses qui pullulent dans ces régions …

— Cela signifie-t-il Vince que ces soulèvements sont la conséquence de l'échec du projet « ADN » ? demanda Perry.

— Cela semble, en effet, confirmer ce que je redoutais lors de notre dernière entrevue, répondit Taylor, à savoir l'expression d'un espoir déçu, et il y a fort à craindre que ces mouvements gagnent progressivement nos propres contrées. Notre administration planche sur ce sujet dès à présent pour tenter de ralentir, si ce n'est de juguler, la propagation de ces troubles …

— … mais chez nous, nous ne pourrons pas faire taire la presse et nous appréhendons que celle-ci jette de l'huile sur le feu, poursuivit-il. Elle risque d'être avant tout une caisse de résonance dont se serviront les extrémistes et d'amplification du mouvement de pessimisme, autant qu'elle l'a été lorsque le message était optimiste. Bref, comme je le disais la dernière fois, nous n'avons aucune idée des conséquences que ces agitations risquent d'entraîner …

— D'autant plus Vince, interrompit Perry, que le professeur Albertino est avec nous pour communiquer une information importante et confidentielle, en tout cas jusqu'à présent … qui ne va pas dans le bon sens.

— Je vous écoute professeur, encouragea le Premier ministre.

— Eh bien, monsieur le Premier ministre, commença le professeur Albertino, vous ne le savez peut-être pas, mais le « *papyrus de Djoser* » comportait deux feuillets et seul le contenu du premier avait été dévoilé lors du congrès de Memphis, c'était il y a un peu plus de deux ans. Depuis, mes collègues égyptologues de l'Université de Californie Los Angeles, spécialistes de la question, ont poursuivi leurs investigations pour traduire le second feuillet et ils y sont parvenus récemment, il y a environ deux semaines, à l'exception d'un passage en partie effacé par le temps …

— Et ? ne put s'empêcher de questionner Taylor.

— Et … voici le résultat de cette traduction, répondit le professeur Albertino visiblement très ému, en tendant un petit support numérique au Premier ministre.

Taylor prit la tablette et lentement, pour ne rien manquer, se mit à parcourir attentivement le texte qu'il avait sous les yeux.

« Lorsque les dieux redescendront du paradis par les portes du ciel, ils demanderont aux initiés de restituer le "secret divin" dispersé au plus profond des espèces.

Avec lui, les dieux ouvriront grandes les portes de la pyramide et le peuple des non-initiés sera loué des dieux.

(partie en mauvais état non encore déchiffrée)

Mais si le troupeau des non-initiés a égaré le trésor alors malheur à eux car un déluge de feu s'abattra sur ce monde. »

— C'est proprement hallucinant ! déclara le Premier ministre, ce texte a été écrit voilà plus de 5.000 ans et il nous ferait presque trembler, nous qui sommes pourtant tout-puissants, tant la force de ces mots est grande … qu'en pensez-vous, vous, messieurs les spécialistes ?

— Oui Vince, ce que tu dis est vrai ! reprit Perry, on sent bien que ce second feuillet, tout comme le premier, a été rédigé par une intelligence qui fait preuve, à la fois, d'assurance et de cohérence !

— J'avoue ne pas avoir été toujours enthousiasmé par l'existence d'un secret divin, mais les résultats obtenus par le professeur Spielberg ont sacrément ébranlé mes convictions. De plus, si l'on analyse ce feuillet à la lumière du premier, dit le professeur Albertino, on remarque en effet une cohérence certaine. Il était mentionné que les dieux allaient « *quitter ces lieux* », là, ils vont

Le papyrus de Djoser

« *redescendre du paradis par les portes du ciel* ». Quand ? on ne sait pas ! …

— … ils avaient dispersé un secret « *au plus profond des espèces* », enchaîna-t-il après avoir interrogé du regard ses interlocuteurs, pour le récupérer à leur retour afin « *d'ouvrir grandes les portes de la pyramide* ». De quelle pyramide s'agit-il ? ouvrir les portes, mais pourquoi ? Et si le secret a été perdu, « *un déluge de feu s'abattra sur ce monde* » ! prophétie terrible dont les modalités ne nous sont pas révélées … mais qui ressemble fortement à une prophétie biblique !

— Ryan, si tu permets que j'avance une hypothèse, dit le professeur Brisson, pour ce qui concerne ta question : quelle pyramide, et ouvrir les portes pourquoi faire ?

— Bien sûr Charles ! je t'en prie … répondit aussitôt le professeur Albertino.

— Ne peut-on pas imaginer qu'il s'agisse tout simplement de la pyramide de Djoser, qui est celle d'où provient le papyrus et dont la construction est contemporaine de ce texte ? …

— … ensuite, selon moi, poursuivit-il, le fameux « *secret divin* » pourrait servir à « *ouvrir les portes de la pyramide* », puisque, souvenons-nous du premier feuillet : « *celui qui aura su garder le trésor* » sera « *accueilli au Khébéou et les portes du ciel s'ouvriront pour lui qui deviendra un pharaon dieu* » et donc, ces « *portes du ciel* », qui permettent d'accéder au « *paradis* » où sont partis les dieux, sont dans la pyramide ! ne confondons pas « *portes de la pyramide* » avec « *portes du ciel* » !

— Excellente déduction, Charles ! s'exclama le professeur Albertino. C'est une hypothèse qui tient la route et qui me botte !

— Attendez messieurs, interrompit Perry, je ne suis pas sûr de tout comprendre. Vous voulez dire que la pyramide de Djoser serait le lieu où se trouvent les « *portes du ciel* » ? mais, que je sache,

Le papyrus de Djoser

cette pyramide a été visitée et revisitée maintes et maintes fois depuis des dizaines d'années et on n'a rien remarqué jusqu'ici !

— Oui John, expliqua le professeur Brisson, mais supposons que, dans cette pyramide, une partie cachée et inaccessible existe quelque part et qu'il faille disposer d'une clé, en l'occurrence un « *secret divin* », pour y accéder ?

— Exactement ! surenchérit le professeur Albertino, et c'est ainsi que les fameux dieux parviennent aux « *portes du ciel* », alors que les non-initiés n'ont aucune chance ...

— Messieurs, messieurs, intervint le Premier ministre avec un large sourire, je ne voudrais pas être le méchant trouble-fête, mais les propos que vous tenez sembleraient irréalistes à n'importe quelle âme sensée. Je ne suis pas surpris que certains de vos confrères considèrent que vous êtes de doux rêveurs ou de grands enfants qui croient encore au Père Noël ...

— C'est exact Vince, concéda Perry, mais admet que cette histoire est complètement surréaliste depuis le début. Tout commence avec la découverte de l'ancienne bibliothèque d'Alexandrie, construite voilà près de trois cent ans avant notre ère, avec pour objectif de rassembler dans un même lieu l'ensemble du savoir universel et dans laquelle se trouvaient certainement plus de 500.000 volumes ! on ne sait pas exactement à quelle date elle fut brûlée, probablement à la suite de plusieurs invasions successives au cours des siècles, et son emplacement fut totalement oublié. D'ailleurs, j'ai une question pour vous professeur Brisson, qui hante mon esprit depuis votre première interview à Alexandrie : comment avez-vous découvert le site archéologique de l'ancienne bibliothèque ?

Perry se tourna alors vers Solène Dujardin et lui fit un clin d'œil en souvenir de leur première querelle à ce sujet.

— La découverte du site de la bibliothèque incombe en totalité à mon collègue, feu Bryan Roswell, qui a disparu aujourd'hui et qui a emporté son secret avec lui, car, il n'a jamais voulu citer ses sources devant moi à propos de cet emplacement ... vous

Le papyrus de Djoser

savez, Bryan et moi étions proches dans nos activités archéologiques, mais nous n'avions aucune affinité en dehors de celles-ci. Il avait son propre cercle d'amis et de connaissances, tout comme moi, mais il n'y avait aucun lien entre les deux … voilà, mais poursuivez votre exposé John, il est important parfois de faire ces retours en arrière pour mesurer le chemin accompli …

— Donc, il y a déjà trois ans, continua Perry, lorsque le site de la bibliothèque a été mis à jour, on s'est rendu compte que tout était calciné ! c'est grâce à une technique d'imagerie multi-spectrale, mise au point par des scientifiques américains de la NASA au début du deuxième millénaire et perfectionnée depuis en Californie, que de nombreux documents ont pu être restitués. Parmi une foison de trésors archéologique, se trouvait ce « *papyrus de Djoser* », datant d'environ 2.700 ans avant notre ère.

— C'est grâce, entre autres, aux professeurs Brisson et Albertino, ici présents, qui ont pris au sérieux le contenu du premier feuillet, que le professeur Spielberg de l'institut Weizmann a pu mettre au point une technique révolutionnaire de déchiffrage des codes ADN animaliers, avec son « ordinateur moléculaire » ou « ordinateur ADN », encore une découverte faite voilà plus de deux cent ans …

— L'équipe du professeur Spielberg, continua-t-il, a pu établir sans ambiguïté et en toute impartialité scientifique que les ADN de certains animaux "parlent", c'est-à-dire que nous avons pu obtenir des images à partir de leur ADN en provenance de cette époque ! vous rendez-vous compte ? c'est tout simplement prodigieux !

Le Premier ministre écoutait attentivement le journaliste tandis que les professeurs opinaient du chef et que Solène Dujardin lui portait un regard bienveillant et admiratif.

— Mais le plus surprenant, dit-il visiblement emporté par son envolée, c'est la conclusion proposée par le professeur Ortega.

Le papyrus de Djoser

Selon lui, les seuls animaux que nous arrivons à faire "parler" sont ceux qui, de près ou de loin, ont été vénérés par les égyptiens et les mayas ! extraordinaire non ? qui a pu avoir la connaissance technique nécessaire pour "configurer" ainsi l'ADN de ces animaux ? chose que nous ne savons pas faire nous-mêmes ! Qui ?

Tous demeuraient pensifs sans pouvoir donner une réponse à la question de Perry.

— Qui, voilà près de 5.000 ans, poursuivit-il, pouvait connaître l'existence de cet ADN modifié pour certains animaux ? qui a laissé ce papyrus ? à qui était-il destiné ? autant de questions aussi embarrassantes que passionnantes …

— Et qui nous met en garde qu'un « *déluge de feu* » menace la terre ? rajouta Solène Dujardin. Puisqu'il ne fait de doute à personne ici que ce document est à prendre au sérieux ! la seule incertitude c'est "quand cela se produira-t-il" ?

— Oui, absolument, confirma le professeur Brisson, la véracité de ce document et de son contenu n'est plus à prouver. Sa dimension historique a bien été démontrée et sa dimension prophétique reste à vérifier, mais je suis d'accord avec vous Solène, je pense comme vous qu'il est préférable pour nous tous de la prendre très au sérieux !

— Qu'est-ce donc un « *déluge de feu* » ? questionna le premier ministre.

— Nous n'en avons aucune idée monsieur, répondit le professeur Albertino. Mais il y a de fortes chances que la pluie de feu dont il est fait mention dans le "*livre de l'Exode*", second livre de "l'Ancien Testament" qui raconte l'exode des Hébreux sous la conduite de Moïse et parle des dix plaies d'Egypte, n'est autre qu'une éruption volcanique …

— Une éruption volcanique serait la moindre parmi les menaces potentielles à craindre, remarqua le professeur Brisson avec un air pessimiste. Mais nous verrons bien …

Le papyrus de Djoser

— Vous m'avez indiqué que jusqu'ici, le contenu de ce second feuillet est resté confidentiel, n'est-ce pas ? demanda Taylor.

— Oui, en effet monsieur le Premier ministre, attesta le professeur Albertino, nous avons voulu vous consulter en premier, mais nous ne pourrons pas garder secrètes ces révélations très longtemps …

— Très bien, dit le Premier ministre en prenant congé d'eux, alors faites un maximum de rétention à votre niveau, je vais consulter nos alliés et voir avec eux ce qu'il convient d'envisager. Merci à vous tous, et tenez moi au courant des évolutions de cette troublante et déroutante affaire …

XII – L'ENLÈVEMENT DES ESPÈCES

John Perry, Solène Dujardin et le professeur Brisson étaient attablés au restaurant pour un moment de détente agréable. La température était clémente et la jeune femme portait des vêtements courts et colorés, tailleur vert pomme et chemisier rose, qui mettaient ses charmes en valeur. Perry, comme souvent, était en tenue sportive et décontractée tandis que Brisson arborait un look classique, chemise et pantalon d'un bleu strict. Ils avaient épuisé les sujets légers tout au long du repas, puis, au moment du dessert, ils abordèrent les questions sérieuses.

— Vince avait raison de s'inquiéter, commença Perry, vous avez vu les journaux ? ils ne parlent que de la crise de défiance à l'égard des gouvernants et des scientifiques …

— Oui, dit Solène Dujardin, ils reprochent aux uns comme aux autres de ne pas s'être donné les moyens suffisants pour déchiffrer le message du papyrus. Il y a une grande attente mystique de la part des populations du monde entier et plus prononcée encore chez les petites gens. Il est vrai que les perspectives économiques n'étant pas très optimistes, on assiste à un phénomène de compensation. Avec l'arrivée massive des robots sur le marché du travail, celui-ci est de plus en plus rare et la situation sociale d'un grand nombre d'ex-salariés est devenue précaire … à part dans quelques pays développés comme les nôtres, où la solidarité joue à plein son rôle, mais combien de temps cela-va-t-il durer ?

— Exact, renchérit le professeur, le moral de la planète est au plus bas, le mécontentement des foules gagne progressivement tous les pays et on ne voit pas comment tout cela va finir …

Le papyrus de Djoser

A cet instant, le visiophone de Brisson se mit à vibrer. Le professeur jeta un œil sur son correspondant et appuya sur une touche pour accepter la communication.

> — Bonsoir Juan Miguel, dit-il, ou plutôt bonjour car chez toi il fait encore jour.

Il y eut une brève intervention de la part de l'appelant que l'on n'entendit pas.

> — Excuse-moi, coupa Brisson, je suis avec John et Solène, puis-je leur faire entendre les nouvelles que tu apportes ?

Puis, après s'être assuré que personne alentour ne pouvait écouter la conversation, le professeur augmenta le son.

> — Bonsoir chers amis, débuta le professeur Ortega dont on pouvait deviner le visage sur le minuscule écran, j'espère que vous allez bien …

S'en suivit un court échange de politesse entre les différentes personnes et le professeur Ortega poursuivit d'une voix grave :

> — Chers amis, dit-il, vous ne croirez jamais ce qui vient d'arriver !

Tous écoutaient avec intérêt et attendaient silencieux que le professeur fasse part de l'objet de son mystérieux appel.

> — Certains animaux du conservatoire universel des espèces ont disparu ! expliqua-t-il.

Les trois interlocuteurs se regardèrent totalement médusés.

> — Je crois connaître lesquels ! déclara le professeur Brisson.

> — Moi aussi ! dit laconiquement Perry.

> — Je crois aussi ! ajouta la jeune femme.

> — Oui, bingo ! approuva le professeur Ortega. C'est en effet, une vingtaine d'animaux provenant de l'espace "Afrique" et cinq parqués dans l'espace "Amérique centrale" !

> — On peut même vous préciser de quelles espèces il s'agit, railla le professeur Brisson.

Le papyrus de Djoser

— Oui, je m'en doute, vous avez tout compris ! dit le professeur Ortega.

— Quand est-ce arrivé ? demanda Perry, et comment ont-ils été enlevés ?

— Cela s'est passé durant la nuit il y a quelques heures à peine, répondit le professeur Ortega, la police est toujours sur les lieux et poursuit son enquête. D'après les premières constatations, le personnel de surveillance a été neutralisé sans que l'on sache exactement comment et le courant électrique a été coupé sur l'ensemble du site sans que l'on comprenne pourquoi les alarmes et les solutions de secours n'ont pas fonctionné !

— Bref, poursuivit-il, ce matin on a découvert les agents de surveillance endormis et les dômes de tous les espaces ouverts suite à la coupure de courant, ce qui est une mesure de sécurité. Aucune trace n'a pu être retrouvée jusqu'ici par la police …

— Je pense qu'ils n'ont trouveront pas, déclara le professeur Brisson.

— Mais qui a bien pu enlever des dizaines d'animaux sans laisser aucune trace ? se demanda le professeur Ortega.

— Je crois que nous avons une petite idée, répondit l'archéologue.

— Comment ça vous avez une idée ? questionna le professeur Ortega avec stupéfaction. Vous plaisantez ?

— Non Juan Miguel, répondit le professeur Brisson, nous ne plaisantons pas. Il te manque à coup sûr un épisode du feuilleton « *papyrus de Djoser* », puisque, tu l'ignores sans doute, mais le second feuillet a été, presqu'en totalité déchiffré par l'équipe d'Albertino …

— Oui, je l'ignorais, confirma le professeur Ortega, et que disait-il ?

— Dans ce second document, il est question du retour des dieux sur terre, expliqua le professeur Brisson. Il est écrit qu'ils vont récupérer le fameux « *secret divin* » pour « *ouvrir les portes de la pyramide* » … quelle pyramide ? … quelles portes ? … pour

Le papyrus de Djoser

quelle raison les ouvrir ? là nous émettons des hypothèses …
mais il y a au moins une question à laquelle nous venons d'avoir
la réponse …

— Laquelle ? demanda le professeur Ortega.

— Nous nous demandions à quelle date tout cela allait se
produire ? répliqua le professeur Brisson. Hé bien nous avons la
réponse … c'est maintenant !

— Le texte précisait en revanche que si le secret a été perdu,
poursuivit le professeur Brisson, un « *déluge de feu s'abattra sur
ce monde* ».

— Et que cela signifie-t-il ? demanda le professeur Ortega, faut-il
prendre cette menace au sérieux ?

— Tout ce qui avait été prédit par le « *papyrus de Djoser* » s'est
avéré exact jusqu'ici ! fit remarquer Perry. Nous prenons en
effet cette menace très au sérieux !

Le professeur Ortega prit le temps de la réflexion avant de
reconnaître :

— Oui, c'est vrai, dit-il, vous avez raison ! les entités qui ont pondu
ce document semblent au courant de pas mal de choses
incroyables !

— De toutes les façons, nous allons être rapidement fixés, conclut
Solène Dujardin.

Le papyrus de Djoser

XIII – La « pluie de feu »

L'observatoire astronomique du mont Wilson, situé au sommet du mont Wilson, culminait à 1.742 mètres d'altitude, dans le comté de Los Angeles, près de Pasadena en Californie. Au cours de son histoire, cet observatoire avait permis bon nombre de découvertes astronomiques majeures, parmi lesquelles l'expansion de l'Univers. Aujourd'hui, il servait encore pour de petites explorations célestes, en grande partie destinées au grand public, et un petit nombre de programmes exploratoires internationaux continuaient à y être entrepris.

Cette nuit-là, David Forester, célèbre astronome attaché au site du mont Wilson, observait une partie du ciel qui entrait dans son programme de recherche, le recensement des gros astéroïdes de la ceinture située entre Mars et Jupiter. Cette ceinture d'astéroïdes, large de 200 millions de kilomètres, faisait l'objet d'une surveillance attentive et continue depuis de nombreuses années en raison de la présence des quelques deux à trois millions d'astéroïdes recensés de plus d'un kilomètre de diamètre.

L'attention de Forester fut attirée par un grésillement qui lui était familier, la présence d'un astéroïde dans le champ de visée du télescope. En effet, le dernier télescope était équipé d'un détecteur automatique intelligent, ce qui lui évitait ainsi d'avoir en permanence les yeux rivés sur l'écran de contrôle. Il s'approcha prestement de l'appareil et jeta un regard sur la console pour vérifier la taille du caillou dans l'espace.

— Bon sang ! dit-il interloqué par le spectacle, mais ce n'est pas vrai …

Il se mit alors à tapoter fébrilement sur les touches du clavier de commandes du télescope pour agrandir l'image et prendre des clichés.

Le papyrus de Djoser

Après quelques manipulations destinées à s'assurer que les données étaient bien enregistrées dans le grand ordinateur de l'observatoire, il appela son collègue et ami, Donovan Matthews, astronome de l'observatoire du Cerro Paranal, dans le désert d'Atacama au nord du Chili, perché à une altitude de plus de 2.600 mètres. Matthews était un astronome de grande réputation détaché en mission auprès de l'un des plus importants observatoires dans le monde. Il dirigeait un vaste programme d'étude des astres dans les longueurs d'ondes allant de l'ultraviolet à l'infrarouge pour le compte de l'union européenne.

Donovan Matthews était bien présent cette nuit-là et il prit l'appel quelques secondes seulement après la première vibration :

— Salut David, dit-il en souriant, tu n'es pas encore au lit ? que me vaut l'honneur de cet appel au beau milieu de la nuit ? tu t'ennuies ?

— Donovan, répliqua Forester sans relever la plaisanterie, as-tu observé récemment la configuration des cailloux en direction de la constellation du Poisson Austral ?

— Non, pourquoi ? demanda Matthews qui remarqua le visage fermé de son ami. Que se passe-t-il ?

— Hé bien regarde ! suggéra Forester.

— Non David, je ne peux pas tout de suite, répondit Matthews, je ne suis pas du tout dans cette orientation et il va me falloir quelques dizaines de minutes pour observer dans cette direction.

— Très bien, admit Forester, alors je t'envoie quelques photos que je viens de prendre. Trente secondes suffiront …

— Ok, David, j'attends …

Les photos arrivèrent quelques instants plus tard sur le poste de travail de Matthews et celui-ci jeta un rapide coup d'œil aux différentes prises de vue.

— Mais c'est quoi ça ? dit-il, je rêve …

Le papyrus de Djoser

— Non tu ne rêves pas Donovan, déclara Forester, c'est bien une pluie de météorites qui est entrée dans l'attraction terrestre …

— Mais d'où ça sort tout ça ? et qu'est-ce que ça fait là ? demanda incrédule Matthews.

— Ça sort de nulle part, mais c'est bien là ! constata Forester. Il y a une multitude de cailloux de quatre ou cinq mètres de diamètre, mais aussi quelques-uns qui font dix mètres ou plus ! avec ça tu peux raser un bon quartier de Londres ou de New-York !

— Il faut prévenir tout de suite nos gouvernements de l'imminence d'une possible catastrophe monumentale, enchaîna Matthews.

— Oui Donovan, approuva Forester, d'autant que tout en te parlant, je viens de découvrir qu'il y en a d'autres qui arrivent, beaucoup d'autres !

— Sans blague ! s'exclama Matthews. D'où viennent-t-ils ? et comment ils ont été attirés jusque-là ?

— Ils proviennent sans aucun doute de la ceinture d'astéroïdes trans-martienne, répondit Forester. Mais je ne vois pas de nouveau corps céleste qui ait pu provoquer une telle force gravitationnelle pour les amener jusque-là …

Le papyrus de Djoser

Vince Taylor, le Premier ministre de sa Majesté britannique, avait invité urgemment John Perry pour l'informer des derniers développements de cette histoire qui prenait une ampleur inattendue.

Lorsque le journaliste entra dans le bureau de Taylor, il y avait déjà trois individus que Perry n'avait jamais vus, attablés dans le seul minuscule espace de travail présent dans le bureau. Taylor l'accueillit prestement et présenta les trois hommes qui se levèrent pour saluer l'arrivant :

— Merci John d'être venu aussi vite, dit-il la mine sombre en lui serrant la main.

— Voici John Perry, de la revue « *Nature* » c'est un ami personnel, dit-il en se tournant vers les deux hommes, John, je te présente David Forester, astronome attaché à l'observatoire du mont Wilson en Californie. David est de nationalité américaine c'est un grand spécialiste des corps célestes du système solaire. Je le remercie d'avoir eu l'amabilité d'accepter mon invitation …

David Forester était un solide gaillard, l'air sévère, grand et taillé comme un bûcheron.

— C'est un honneur monsieur le Premier ministre, dit l'astronome.

— … Donovan Matthews, astronome de l'observatoire royal de Greenwich, actuellement détaché auprès de l'observatoire du Cerro Paranal, situé dans le désert d'Atacama, au Chili, poursuivit Taylor. Tous deux ont observé les premiers le cortège de météorites qui menacent de s'abattre sur terre et je voulais, John, avoir ton appréciation de la situation.

Donovan Matthews, lui, était au contraire un petit homme débonnaire et assez sympathique qui arborait des vêtements larges dans le but sans doute de cacher son petit embonpoint.

— … et Tom Farrell, chargé de la Sureté Nationale auprès de mon cabinet.

Tom Farrell était en civil, mais tout, dans son allure, trahissait une posture de militaire. Menton carré dans un visage en forme d'ovale,

Le papyrus de Djoser

cheveux très courts, corpulence massive, il respirait l'ancien soldat ou le policier reconverti.

Sur la table, plusieurs clichés du ciel montraient une suite d'astéroïdes plus menaçants les uns que les autres.

Le télé-visionneur holographique projetait une image retransmise par une chaîne d'info de la TV britannique, sur le mur face à eux, et Taylor leur fit un geste de la main pour qu'ils prêtent attention aux propos tenus par un commentateur célèbre :

> — « Les astronomes de plusieurs observatoires dans le monde s'accordent à reconnaître qu'une pluie de météorites sans précédent va s'abattre sur la Terre dans les semaines à venir sans qu'il soit possible d'expliquer le phénomène. Ces objets venus du ciel, de taille plus ou moins importante, n'annoncent pas de bons présages ... certaines autorités religieuses affirment même que la fin du monde aurait commencé ... »

La voix "off" commentait des images extraites d'un film de science-fiction qui montraient la terre sous la menace d'astéroïdes sombres, descendant doucement mais surement dans sa direction.

> — Ceci est le genre de message que les chaînes d'information diffusent en boucle toute la journée, affirma Taylor, et si je vous ai réunis, c'est pour essayer d'avoir une vision claire et objective de la situation. Monsieur Forester, pouvez-vous nous dire quel est votre sentiment sur ce qui est en train de se passer ?

> — Il est bien connu depuis longtemps, commença l'astronome, qu'une ceinture d'astéroïdes, située entre Mars et Jupiter, sépare les planètes telluriques des planètes gazeuses. Elle est, sans aucun doute, le résidu de matières qui n'ont pu s'agréger aux planètes en formation et elle est constituée de millions, voire de milliards, de cailloux de toutes tailles qui se baladent dans l'espace interstellaire proche de la Terre au hasard des forces gravitationnelles ...

> — ... la Terre est en permanence bombardée par des poussières et des petits astéroïdes, des centaines chaque jour, poursuivit-il

après avoir bu une gorgée de thé. D'ailleurs, il suffit de lever les yeux au ciel certaines nuits d'été pour voir une myriade de météorites lumineuses. Mais la plus grande partie est détruite dès leur entrée dans l'atmosphère, les autres se perdant dans les océans qui recouvrent environ 70% de la surface de la planète …

— … sur terre, la probabilité de voir s'abattre des corps pouvant causer des dégâts vraiment graves est d'ordinaire très faible. La plus importante collision que l'on connaisse est celle qui a eu lieu il y a 65 millions d'années, creusant un cratère d'environ 200 kilomètres de largeur et provoquant l'extinction des dinosaures en modifiant le climat de notre planète. Il s'agissait d'un astéroïde d'environ 10 à 20 kilomètres de diamètre qui a des chances de nous percuter environ tous les 100 millions d'années …

— … en juin 1908, la comète « Toungouska », qui faisait 40 mètres de diamètre, entrait dans l'atmosphère terrestre et explosait au-dessus de la Sibérie. L'onde de choc détruisit la forêt sur un rayon de 20 kilomètres, le souffle faisait des dégâts sur plus de 100 kilomètres et la déflagration s'entendit dans un rayon de 1.500 km. Un astéroïde de cette envergure peut s'abattre sur nous environ une fois par siècle …

— … nos techniques de détection des collisions potentielles ont beaucoup progressé puisque nous surveillons environ 15.000 corps célestes recensés de diamètre entre 100 et 300 mètres, qui pourraient causer d'énormes dégâts. Mais, nous ne sommes, hélas, pas à l'abri de l'impact inattendu d'un objet mesurant 3 ou 4 mètres d'envergure, ce qui est déjà suffisant pour occasionner de sérieux dommages !

— Bien, c'est très clair Monsieur Forester, assura Taylor, mais qu'avez-vous donc observé qui soit de nature à vous inquiéter plus que ce que les éléments naturels ne le font habituellement ?

Le papyrus de Djoser

— Monsieur le Premier ministre, déclara Forester avec un ton grave dans la voix, la ceinture d'astéroïdes gravite loin de nous depuis toujours sur une orbite d'environ 2 à 4 unités astronomiques autour du centre de gravité du système solaire, soit 2 à 4 fois 150 millions de kilomètres, une unité astronomique équivalant à la distance de la terre au soleil. Il est donc anormal de voir une nuée de ces objets quitter leur trajectoire habituelle, fixée par les lois universelles de la gravité, et se rapprocher dangereusement de l'atmosphère terrestre. D'autant plus que la taille de certains de ces objets est de plusieurs dizaines de mètres …

— Y a-t-il une explication à la migration de ces astéroïdes et au fait qu'ils aient quitté leur trajectoire naturelle ? demanda Perry.

— Aucune, monsieur, répondit aussitôt Donovan Matthews qui ne s'était pas manifesté jusque-là. Il s'agit d'une distorsion de l'espace gravitationnel dont nous ignorons la cause. Aucun objet céleste, d'importance suffisante pour provoquer la modification de la gravité dans cette région de l'espace, n'a été ni repéré ni identifié.

— Et quelles sont les parades possibles ? demanda à son tour Tom Farrell.

— Aucune ! répliqua Matthews catégorique, ce sont des objets pour lesquels il est impossible de prévoir le point de chute suffisamment à l'avance pour organiser des évacuations ! d'ailleurs, il est probable, étant donné l'ampleur du phénomène, qu'aucune région de la planète ne sera épargnée !

Le mutisme et la réflexion s'abattirent sur le petit groupe et, la mine sombre, Taylor demanda :

— Quand peut-on s'attendre aux premiers impacts ?

— Dans une dizaine de jours tout au plus, répondit Matthews.

— Et que vais-je bien pouvoir raconter à nos concitoyens ? s'interrogea le Premier ministre pour qui la politique reprenait ses droits.

Le papyrus de Djoser

— En tout cas nous allons déménager votre bureau ! affirma Farrell.

— Déménager mon bureau ? s'exclama le Premier ministre. Pour aller où ?

— A l'abri ! répondit le responsable de la Sureté Nationale, dans un lieu sous terre prévu à cet effet en cas de nécessité ...

— Il n'en est pas question ! refusa aussitôt Taylor. Si je bénéficie d'un traitement privilégié durant cette période difficile qui s'annonce, je ne pourrais rien dire de crédible à mes concitoyens et ils auront raison de ne pas m'écouter. Je tiens à conserver les mêmes conditions de vie que la population et je souhaite, face au danger, un traitement équitable pour tout le monde ...

— Mais, monsieur, coupa Farrell interloqué, tous les chefs d'état s'apprêtent à faire de même et se mettre à l'abri, il en va de la stabilité du pays. Qu'adviendrait-il si vous étiez victime d'un accident provoqué par ces météorites ?

— Eh bien, les autres chefs d'état font ce qui leur plaît ! et chez nous, les institutions prévoient déjà la chose, j'aurais immédiatement un remplaçant ! objecta aussi sec le Premier ministre.

— Mais ... tenta Farrell.

— Il n'y a pas de mais ... c'est ainsi ! conclut Taylor.

Le papyrus de Djoser

XIV – L'APOCALYPSE

La désillusion des populations était à la hauteur des espérances qu'elles avaient placées quelques mois auparavant dans le projet de Conservatoire Universel des Espèces. L'enlèvement des animaux du site de Winnipeg, disparus sans aucune explication rationnelle, avait laissé la place à toutes les spéculations délirantes avancées par des charlatans en tous genres. A la suite de ce profond désenchantement, on avait pu constater une grande détresse morale de la part des foules se traduisant un peu partout par une vague de suicides sans précédent.

Se rajoutant à la confusion générale, c'est dans ce climat délétère qu'était tombée alors cette nouvelle ahurissante : l'imminence d'une « pluie de feu », provoquant un vent de panique planétaire qui toucha l'ensemble des pays.

D'autant que les chaînes d'informations et la une des médias rivalisaient de formules et d'images apocalyptiques plus percutantes les unes que les autres.

— « Vent de panique sur le monde : une pluie de météorites est attendue sans qu'il n'y ait aucune explication rationnelle de la part des scientifiques. La plupart des météorites percutant la Terre sont habituellement de petite taille et sont donc volatilisées en entrant dans l'atmosphère terrestre. Or, dans la pluie qui arrive, plusieurs d'entre eux mesurent plus de 10 mètres de diamètre, ce qui va avoir comme conséquences de détruire des villes et provoquer des raz de marée. Les autorités sont inquiètes car il est impossible de prévoir les zones d'impact, sauf au dernier moment, ce qui rend inutiles tous les plans d'évacuation. »

Le papyrus de Djoser

— « Cataclysme mondial : l'effondrement des bourses provoque des faillites en série et des fermetures d'entreprises dans tous les secteurs d'activité. Après l'enlèvement des animaux du conservatoire universel, de nombreux dirigeants politiques et gouvernements sont accablés et accusés de n'avoir pas su préserver la biodiversité et poussés à la démission. Après l'annonce d'une pluie de météorites sur la terre, l'abattement des scientifiques est total et déclenche des mouvements de colère et de violence un peu partout. »

— « Une pluie de cailloux : les scientifiques prévoient la chute prochaine de cailloux venant du cosmos. A l'heure actuelle, personne ne sait d'où provient ce phénomène, ni quelle en est la cause et encore moins comment faire pour l'arrêter. La plupart des gouvernements s'apprêtent à interdire toutes les manifestations sportives et culturelles en raison des risques de chute d'astéroïdes, dont la taille peut atteindre plusieurs dizaines de mètres, voire plus, et détruire toutes formes de vie dans un rayon de plusieurs kilomètres. »

— « Les grandes capitales en danger : selon plusieurs experts scientifiques, la pluie de météorites qui va frapper la Terre fait courir un risque plus important aux populations habitant les grandes métropoles. En effet, si l'on se base sur l'impact de la comète « Toungouska » de 40 mètres de diamètre qui s'est abattue en Sibérie en juin 1908, l'onde de choc a détruit la forêt dans un rayon de plus de 20 kilomètres. Il suffit qu'une telle catastrophe survienne sur Londres, Paris, New-York, Tokyo ou encore Shanghai, pour imaginer quel scénario dramatique peut toucher ces capitales, avec des milliers de morts et de disparus. »

Quelques jours plus tard les évènements se précipitèrent encore lorsque les premiers cailloux touchèrent le sol … Les premiers astéroïdes s'abattirent sur la planète moins de deux semaines après leur annonce. La nuit, le ciel était embrasé par des millions "d'étoiles filantes" qui produisaient un spectacle féerique tout en semant l'affolement, la désolation et la mort.

Le papyrus de Djoser

Les villes de Paris, Londres, Rome, New York, Tokyo, Pékin etc. furent tour à tour touchées, la tour Eiffel à Paris en partie détruite ... Big Ben à Londres brisée en plusieurs morceaux ... la statue de la Liberté à New York décapitée ... on ne comptait plus les ouvrages mythiques de par le monde ravagés par la pluie de météorites. Ces images de destruction apocalyptique étaient diffusées en boucle par les médias et faisaient le tour de la planète ... rajoutant encore plus de peur et de dépression chez les populations.

On ne comptait plus les morts non plus, par milliers, qui périssaient sous le déluge, ou bien à cause des inondations provoquées par les raz de marée ou bien encore dans les manifestations brutalement réprimées par la police.

L'accablement et la résignation cédaient la place à la frayeur et à l'épouvante. Les gouvernements étaient dépassés par les mouvements de foules et le désordre régnait dans de nombreuses grandes villes. La planète Terre échappait au contrôle des autorités et, peu à peu, sombrait dans le chaos ...

XV – Dialogue avec une randonneuse

Maxence Berger faisait sa ballade coutumière, presque quotidienne, en longeant le lac d'Annecy et promenait comme à son habitude, parmi les sentiers de la forêt qui jouxtait le lac, à la recherche d'éventuels champignons. C'était un homme alerte et d'allure encore jeune et très sportive malgré sa cinquantaine, vêtu d'habits de randonnée sylvestre, il portait un sac à dos volumineux.

Berger avait de grands yeux candides, d'un bleu très clair, et ses mèches blondes tombaient en désordre sur les sourcils, ce qui lui donnait un air un tant soit peu angélique. D'ailleurs ce physique poupon lui avait grandement servi tout au long de sa carrière car, aussi bien pour les hommes que pour les femmes, il semblait être incapable de mentir tant se dégageait de lui l'apparence d'une âme innocente …

Il remarqua au loin la silhouette gracile d'une jeune femme, marchant vers lui d'un pas décidé sur le chemin de terre bordant le lac, et son allure n'était pas sans lui rappeler quelqu'un … quelqu'un qu'il connaissait et dont il n'arrivait pas à se souvenir précisément. Puis, lorsqu'elle fut à hauteur de la chienne, celle-ci s'approcha de la jeune femme, se mit à lui faire des fêtes et lui lécher les mains, chose qu'il trouva étrange et surprenante puisque d'ordinaire Willie était plutôt du genre à fuir les personnes qu'elle ne connaissait pas … L'inconnue se baissa pour lui caresser la croupe et s'approcha de Berger.

Elle devait avoir vingt-cinq ans environ, portait un sac à dos d'un genre qu'il n'avait jamais vu et était vêtue d'un jean et d'un blouson de pilote. Elle était plutôt jolie et malgré sa tenue rustique on pouvait deviner ses formes généreuses. Son visage était fin, encadré d'une longue chevelure brune, et ses pommettes saillantes mettaient en valeur son regard franc et rieur. Arrivée tout prêt de lui, elle le gratifia d'un large sourire :

Le papyrus de Djoser

— Bonjour ! Vous habitez près d'ici ? demanda-t-elle.

— Bonjour … oui ! Je suis du coin … répondit-il en souriant à son tour. Enfin d'Annecy plus exactement. Vous avez l'air plutôt perdue ici non ?

— Eh bien … ça se voit autant que ça ? dit-elle d'un air faussement sérieux.

A cet instant Berger remarqua qu'elle avait les yeux verts, des dents magnifiques et un sourire ravageur … Il perçut également qu'elle s'exprimait avec un léger accent dont l'origine était difficile à situer. Elle ne manqua pas également de remarquer son visage angélique et ses yeux étranges et profonds …

— Je suis familier de cet endroit un peu isolé puisque je viens m'y promener assez souvent. Et je connais bien les gens du voisinage, dit-il pour expliquer sa question indiscrète.

— La chienne là-bas est à vous j'imagine … elle est très gentille. Comment s'appelle-t-elle ? demanda-t-elle comme pour changer de sujet.

— Willie … d'ailleurs j'avoue que son intérêt pour vous m'a étonné … répondit-il le regard fixé droit dans les yeux de la jeune femme.

— Oh, j'ai toujours eu de bonnes relations avec les animaux ! répondit-elle avec un large sourire et en soutenant son regard.

— Puisqu'on en est aux présentations, moi c'est Amélia ! poursuivit-elle. Et vous ?

— Maxence…

— enchantée Maxence !

— enchanté également, répondit-il, mais vous pouvez m'appeler Max, mes amis m'appellent Max.

Il aperçut un banc tout proche en bordure du lac, au soleil, qui offrait une halte aux promeneurs.

Le papyrus de Djoser

> — Voulez-vous vous asseoir un moment avec moi ? demanda-t-il en montrant le banc.

> — Bien volontiers ! dit-elle, je suis un peu fatiguée.

Une fois assise elle déboucla son sac à dos et le posa à ses pieds. Un court silence s'installa ce qui permit d'entendre les oiseaux s'affairer autour d'eux et de goûter au calme paisible de l'endroit. Willie finit par se joindre à eux et se coucha à leurs pieds, entre eux deux. Son regard affectueux pour Amélia sidérait Berger.

Il se décida alors à lui poser la question qui lui brûlait les lèvres depuis le début, mais qu'il amena gauchement.

> — Je parie que vous êtes une excursionniste aguerrie et que ce sac contient la panoplie du parfait randonneur … bredouilla-t-il un peu maladroit.

> — En quelque sorte oui ! dit-elle en se tournant vers lui avec un sourire complice.

> — Puis-je vous demander d'où vous venez ? … si cela n'est pas trop indiscret … continua-t-il sans attendre la réponse, voyons, laissez-moi deviner … heu … pays de l'Est ! Russie ?

Elle hocha la tête pour lui signifier qu'il avait tort.

> — Hongrie ? non ? Elle hochait toujours la tête en souriant.

> — Bulgarie ? non plus ! Alors je ne vois pas … s'inclina-t-il. De quel pays êtes-vous ?

Elle sembla réfléchir un court instant avant de répondre.

> — Parlez-moi plutôt de vous, déclara-t-elle avec douceur en souriant à nouveau.

> — Eh bien … ok, si vous voulez que l'on commence par moi, cela risque d'être une histoire banale, répondit-il en pensant qu'on ne pouvait rien lui refuser … je suis un ancien chercheur du CERN de Genève, à présent jeune retraité.

> — Le CERN ? demanda-t-elle.

Le papyrus de Djoser

— Le CERN est le laboratoire européen pour la recherche nucléaire, le plus grand et le plus célèbre centre de physique des particules au monde, expliqua Berger.

— Chercheur dans le domaine de la physique des particules élémentaires ? questionna-t-elle. Cela doit être passionnant …

— Oui, dit-il simplement.

— Avec l'équipe du professeur Van de Velde, il y a cinq ans, nous avons obtenu le prix Nobel de physique pour avoir découvert le graviton grâce au VLHC, poursuivit-il.

— Excusez mon ignorance dans votre spécialité scientifique Max, mais le prix Nobel ? le graviton ? le VLHC ? expliquez-moi … demanda-t-elle.

Il la regarda avec curiosité parce que, s'il lui était concevable que l'on ignore ce qu'était le VLHC ou bien le graviton, cela lui paraissait en revanche inimaginable de méconnaître ce qu'était le prix Nobel. Il se demanda un instant de quelle planète elle débarquait …

— Votre ignorance est excusable, car peu de gens connaissent le domaine assez complexe de la physique nucléaire et des particules élémentaires, répondit-il. Mais vraiment ? Amélia vous ne savez pas ce qu'est le prix Nobel ?

— Je devrais ? s'enquit-elle avec le sourire désarmant d'une ingénue. Non, je ne sais pas de quoi il s'agit …

— Il s'agit de la plus haute distinction en matière de récompense dans certaines disciplines, expliqua Berger, comme la physique par exemple, mais pas seulement, il y a aussi le prix Nobel de la paix ou bien des mathématiques, et bien d'autres.

— Et le graviton ? demanda-t-elle avec désinvolture.

— Le graviton est l'une des particules élémentaires fondamentale, dit Berger, il est le quantum de la force gravitationnelle et son concept est utilisé pour l'explication de certaines interactions dans le domaine de la gravitation. Quant au VLHC, ou Very Large Hadron Collider, il fonctionne comme un canon d'antimatière qui bombarde la matière et leur collision dégage des énergies considérables ...

— ... le VLHC a été rendu possible grâce à la découverte chanceuse d'une source importante d'antiprotons provenant du cosmos, donc gratuite et inépuisable, poursuivit-il. Avec une batterie de satellites géostationnaires placés en orbite autour de Mars et l'aide d'électroaimants produisant un champ magnétique puissant, nous avons pu dévier une partie de cette source vers une chambre d'expérimentation située dans l'espace tout près de la Lune ...

— ... puis, nous avons placé une cible dans la chambre et nous avons fait en sorte que le faisceau entre en collision avec la cible pour produire des énergies inexplorées jusque-là, enchaina-t-il. c'est ainsi que nous avons pu découvrir le graviton, la particule élémentaire du champ gravitationnel, et quelques autres progrès scientifiques ont été réalisés grâce au VLHC ...

— Et vous ? quelle a été votre contribution dans tout cela ? dit-elle avec un regard admiratif.

— Eh bien ... en vérité, et sans fausse modestie, je suis le concepteur du dispositif à base de satellites sans lequel aucune observation n'aurait pu avoir lieu, expliqua-t-il.

— Oh ! dit-elle impressionnée. Vous méritiez donc ce prix Nobel au moins autant sinon plus que les autres ?

— Sans doute ... reconnut-il, mais les autres membres de l'équipe aussi ont tous contribué activement à ce projet ...

— ... puis, le VLHC est tombé dans l'oubli et aujourd'hui il ne sert plus à rien, ajouta-t-il, pourtant tous les appareils dans l'espace sont à l'abri de l'usure du temps et sont en parfait état de marche.

— Mais à quoi donc cela pourrait-il servir ? s'enquit-elle.

— Je vous disais il y a un instant que la source d'antiprotons provenant du cosmos était inépuisable, répondit-il. Cela ouvre la

Le papyrus de Djoser

porte à la possibilité de produire de l'énergie à partir d'une source gratuite venue d'ailleurs, ce qui est une aubaine dans le domaine de la production énergétique. D'après certains calculs, l'énergie potentielle d'une centrale de ce type pourrait couvrir les besoins d'environ le quart de la consommation mondiale. Mais la source d'antimatière n'a fait l'objet jusqu'ici d'aucune exploitation et reste toujours ignorée de la communauté scientifique.

— Mais c'est une grosse perte pour vos concitoyens ! s'exclama-t-elle.

— Oui, mais c'est ainsi … dit Berger un peu surpris du terme de "concitoyens" qu'elle avait employé.

Il n'avait jamais parlé de cela à quiconque auparavant en dehors d'une confidence faite à Kristel, son épouse, et il se devait de reconnaître que cela lui avait fait le plus grand bien d'en reparler aujourd'hui. Sans doute était-il nostalgique de cette époque, pensa-t-il.

Il y eut un court silence durant lequel Berger, alternativement, dévisageait la jeune femme et fixait ses chaussures. Elle finit par mettre mit la main sur son bras pour lui rappeler qu'elle était là. Il croisa son regard et il crut y lire de la tendresse. Décidément, elle ressemblait à quelqu'un qu'il connaissait mais il ne pouvait dire qui. Puis, il se décida à reposer la question qui l'intriguait depuis le début et à laquelle elle semblait ne pas vouloir répondre :

— Vous savez tout de moi à présent, dit-il, et moi je ne sais rien de vous … parlez-moi de vous …

— Oh non, je suis loin de tout savoir de vous Max, répondit-elle, par exemple, êtes-vous marié ?

Berger fut surpris par la question, mais elle avait le mérite d'être directe et il réalisa qu'il n'avait parlé que de sa vie professionnelle et aucunement de sa vie privée.

— Oui, je suis marié, répondit-il, et très heureux avec ma femme Kristel que j'adore par-dessus tout.

Le papyrus de Djoser

Elle le dévisagea intensivement et il eut le sentiment qu'il pouvait lire dans son regard qu'elle était heureuse pour lui de cette confession. Il attendit encore un court instant avant d'insister :

> — C'est à vous à présent de me dire, avez-vous quelqu'un dans votre vie ? d'où venez-vous ? allez-vous enfin me parler de vous …

Il y eut un long moment durant lequel il sentait la jeune femme hésitante, sans doute partagée entre lui donner les précisions qu'il demandait et se taire. Elle le fixa dans les yeux et il crut déceler que sa résistance commençait à fondre, peut-être sous l'effet de son regard angélique … elle sembla vaciller un instant et ferma les yeux :

> — Je pense que vous allez avoir beaucoup de mal à me croire, répondit-elle soudain avec sérieux.

> — Dites-toujours … insista-t-il, j'ai une âme de scientifique et j'aime explorer les idées farfelues.

> — Eh bien je ne devrais pas vous le dire … mais … je ne sais pas pourquoi, j'ai des scrupules à vous mentir … et puis, je me sens en confiance avec vous … inexplicablement je perçois en vous une grande âme et une personnalité attachante … je n'ai encore jamais ressenti cela … dit-elle d'une voix troublée avec un regard sincère.

Un peu surpris Berger détourna les yeux pour tenter d'échapper à son charme.

> — Je suis touché … grommela-t-il un peu gêné, le regard dans les chaussettes.

Un long silence suivit cette surprenante déclaration. Il n'osait revenir à la charge et entreprit de laisser glisser son regard sur les eaux paisibles du lac tout en chouchoutant Willie qui agitait la queue pour manifester son contentement.

> — Je ne suis pas une randonneuse … enfin … pas au sens où vous l'entendez, lâcha-t-elle soudain d'une voix calme et claire. Je voyage dans le temps !

Le papyrus de Djoser

Berger se tourna vers elle avec un large sourire. Elle le regardait pour guetter l'effet que cela lui avait fait.

— Ah ! Je vois que avez le sens de l'humour aussi développé que celui du suspense … rétorqua-t-il un peu désemparé.

— Vous voyez … vous ne me croyez pas … je vous avais prévenu … ironisa-t-elle sans doute un peu déçue.

Berger ne savait plus trop comment poursuivre ce dialogue qui lui paraissait surréaliste.

— Bon ! admettons l'hypothèse ! Vous voyagez dans le temps … mais comme je suis de formation scientifique, et donc d'un naturel rationnel et curieux, je vais devoir rassembler d'autres arguments pour corroborer cette thèse, avança-t-il l'air professoral le plus posé du monde.

— Très bien ! allez-y ! je vous écoute, dit-elle avec son sourire ravageur qui le désarçonnait.

— Vous avez une apparence de terrienne … vous venez donc de cette planète, mais du futur, d'une époque lointaine où le voyage dans le temps a été découvert … déduisit-il le plus sérieusement docte possible.

— Bravo ! vous êtes sur le bon chemin … complimenta-t-elle d'un air malicieux.

— Dans ce cas, puisque vous connaissez l'avenir … vous pouvez me dire ce qu'il va se passer demain, ou bien la semaine prochaine … tenez ! Par exemple, donnez-moi les chiffres gagnants du prochain Loto ? demanda-t-il d'un air provocateur et rieur. Que notre rencontre puisse me rapporter un peu d'argent … je n'avais pas imaginé devenir riche ce matin en m'apprêtant à venir ici …

Elle éclata d'un rire sonore qui sortit Willie de sa torpeur.

— Je vois bien que vous ne me prenez pas au sérieux, regretta-t-elle l'air désabusée.

Le papyrus de Djoser

— Vous venez du futur et vous ignorez l'avenir ? cela n'est pas logique, dit-il amusé.

— Ça n'est pas parce que vous ignorez les fondements d'un argument qu'il n'est pas logique, n'est-ce pas Max monsieur le scientifique ? ironisa-t-elle.

Il dût reconnaitre qu'elle avait touché là où ça faisait mal.

— J'ignore l'avenir parce que, tout simplement, le futur est fait d'une infinité d'univers parallèles … tout comme le passé d'ailleurs. Seul le présent fait partie d'un univers bien précis, parce qu'il est le point de convergence des univers passés et futurs. Si je change d'univers pour aller voir les chiffres du Loto, il ne sera plus tout à fait le même que le vôtre et les chiffres ne correspondront pas forcément à votre tirage. Chacune des secondes de notre présent peut nous faire « glisser » vers un futur différent de celui dans lequel nous sommes, affirma-t-elle. Comprenez-vous ce que je dis ? car j'ai la réputation de ne pas être très pédagogue …

— Euh … attendez ! je ne vous suis plus du tout ! je suis paumé … avoua-t-il.

— Paumé … ? l'interrogea-t-elle du regard.

— Perdu si vous préférez, je n'ai rien compris à vos explications, admit-il.

— Eh bien imaginez ! si je décidais de partir, là ! maintenant ! dans la seconde qui suit … pensez-vous que mon avenir ainsi que le vôtre seraient identiques à celui que nous allons vivre si je décide de rester ? questionna-t-elle en le fixant droit dans les yeux.

Berger resta pensif un moment, essayant de réfléchir à ce qu'Amélia venait de dire et au problème qu'elle posait. Il imaginait bien en effet que l'existence d'un individu pouvait basculer, « glisser » disait-elle, vers une destinée toute autre en fonction d'évènements prévisibles ou non, en fonction de décision rationnelles ou non, mais de là à conclure que l'on pourrait changer d'univers si elle partait …

Le papyrus de Djoser

— J'avoue que je n'en ai aucune idée, concéda-t-il.

— Moi non plus ! avoua-t-elle, c'est une question de probabilité. Si je décide de partir, il est fortement probable que l'univers qui suivra sera très proche de celui que nous vivons à présent car la plus grande part de cette infinité d'univers conduit à des futurs semblables. Mais il y a une possibilité, infime certes mais elle existe, que ce changement induise une mutation majeure et constitue ce que nous appelons "un point de singularité", qui transforme totalement l'avenir, non seulement le nôtre, mais celui de l'univers dans lequel nous avons "glissé", poursuivit-elle d'un ton professoral.

Berger était ébranlé, à la fois par cette vision de choses qui ne lui avait jamais effleuré l'esprit, mais aussi par la personnalité de cette jeune femme qui parlait avec assurance et audace d'un sujet plutôt ardu. Lui qui était professeur universitaire savait apprécier …

— Allez-vous partir maintenant ? murmura-t-il inquiet et un peu confus.

— Non ! dit-elle en éclatant de rire. D'une part, parce que rester peut également être une source de singularité, et d'autre part, et surtout, parce que j'avoue me sentir bien auprès de vous … j'aimerais que ce moment se prolonge le plus longtemps possible.

Berger crut qu'il se mettait à rougir comme il ne l'avait ressenti depuis fort longtemps … Il essaya de le cacher en regardant ses chaussures à la manière d'un gamin.

Il avait beaucoup de mal à se persuader qu'il était en présence d'un, ou plutôt d'une, "voyageuse du temps", mais les accents de sincérité d'Amélia l'interpellaient et éveillaient sa curiosité de scientifique, l'incitant à poursuivre l'entretien, bien décidé à la pousser dans ses derniers retranchements.

— Tiens ! vous ne dites plus rien tout à coup ? dit-elle avec son sourire enjôleur pour rompre le silence de sa réflexion.

— Amélia …

Le papyrus de Djoser

— Oui Max ? coupa-t-elle avec son large sourire qui avait le don de le faire craquer.

— J'espère que vous allez me pardonner pour cette question désobligeante … demanda-t-il visiblement mal à l'aise. Mais …

— Allez-y, posez votre question désagréable … répondit-elle, apparemment résignée.

— Hum … avez-vous une preuve tangible ou matérielle de ce que vous avancez ? dit-il du bout des lèvres.

Soudain il eut peur de l'avoir vexée et qu'elle ne le quitte sur le champ sans que cette énigme ne soit clarifiée. Elle le gratifia longuement d'un regard noir exprimant son exaspération.

— Bon ! dit-elle d'une voix peinée. Puisque vous n'avez aucune confiance en moi, je vais faire ce que notre éthique nous interdit absolument ! pour vous convaincre …

Puis, plongeant sa main dans le sac à dos posé à ses pieds, elle en sortit un objet métallique qu'elle lui tendit. Celui-ci avait une forme ressemblant vaguement à un pistolet avec une partie que l'on était tenté de prendre en main. Berger hésita, mais elle insistait pour qu'il fasse ce qu'elle suggérait. Elle tendait l'engin avec la crosse vers lui, puis Berger prit l'objet et il reçut immédiatement une violente décharge électrique qui lui fit lâcher l'objet, se lever du banc et se reculer. Il était surpris, décontenancé même et un peu sonné. Willie se réveilla, lécha la main d'Amélia et se rendormit aussitôt.

— Qu'est-ce que c'est ? bafouilla-t-il.

— Un "Relais Spatio-Temporel" ou RST, acronyme familier pour nous. Cet objet est le joujou indispensable des voyageurs dans le temps, des « voltaires » comme on nous appelle, ce qui est la contraction de "volontaires", dit-elle doucement en reprenant l'objet en main, visiblement satisfaite de sa démonstration.

Berger restait interloqué et proprement abasourdi car à présent il commençait à la croire vraiment.

— Et … à quoi cela sert-il ? demanda-t-il.

Le papyrus de Djoser

> — C'est un outil multifonction … mais sa fonction principale est de nous maintenir en contact synchronisé avec la CET, la Cellule d'Exploration du Temps, répondit-elle sans autres explications. Il vous a "agressé" parce qu'il est fabriqué sur mesure, pour chacun d'entre nous, et il reconnaît l'identité de son propriétaire.

Berger restait silencieux, le temps de digérer les derniers propos d'Amélia. Tout cela lui paraissait encore totalement incroyable, mais il ne voyait plus trop quoi dire sans devenir inconvenant. Ce fut elle qui leva ses derniers doutes.

> — Puisque vous m'êtes sympathique je vais vous montrer autre chose Max … dit-elle avec un sourire bienveillant mais espiègle.

Elle se rapprocha de lui sur le banc et ouvrit l'objet métallique. Après avoir manipulé quelques touches, un écran holographique projeta des images virtuelles à moins d'un mètre d'eux.

Des images invraisemblables défilèrent sous ses yeux … un monde inconnu … une forêt avec des arbres immenses dans un paysage féerique, comme il n'en avait jamais vu. Avec des plantes géantes … des cactées … des fleurs magnifiques … sous un soleil tropical et un ciel bleu azur.

Certaines séquences montraient des animaux aussi incroyables les uns que les autres, et Max reconnut certains d'entre eux, c'étaient des dinosaures en train de paître tranquillement ! Et d'autres révélaient des créatures sous-marines tout aussi fantastiques. Il resta là, bouche bée, pendant de longues minutes, cloué sur place par le spectacle, en regardant défiler sous ses yeux les différentes époques de la planète terre … Il réalisa soudain qu'il venait de voir ce que peu de gens auraient le privilège d'observer.

> — Voici un court résumé de mes missions accomplies ces dernières années, expliqua-t-elle sereinement. Je suis biologiste et spécialiste de la botanique, l'essentiel de mes voyages a pour but d'étudier et de recenser la flore et la faune de la planète Terre aux différentes époques. Vous avez vu rapidement un

Le papyrus de Djoser

échantillon de celle-ci sur une période allant de 230 millions d'années avant notre ère jusqu'à 5.000 ans après ...

— Je vous prie de pardonner mon scepticisme idiot Amélia, dit-il doucement pour s'excuser. Je viens de prendre conscience lentement du cadeau fantastique que vous venez de me faire.

— Il n'y a pas de mal Max ... je peux comprendre votre scepticisme, le rassura-t-elle.

Il était tout à la fois étourdi et fasciné par ce qu'il venait de voir et d'entendre. Tout au long de sa carrière de chercheur scientifique dans le domaine de la physique nucléaire, il avait espéré rencontrer des signes tangibles de la symétrie du temps, lui indiquant que remonter le temps était une éventualité envisageable par la science.

Il avait longuement mais vainement cherché des manifestations de cette symétrie du continuum espace-temps dans les expressions théoriques et mathématiques qui lui étaient pourtant si familières. Il connaissait bien également les travaux d'Albert Einstein sur la théorie de la relativité générale et la relation entre la « dilatation » du temps et la vitesse.

Cependant, tout semblait conclure à l'impossibilité de voyager dans le temps de façon rétrograde notamment en raison de la violation du fameux "principe de causalité". En effet, en physique classique, le principe intangible de causalité affirme que si un phénomène, la cause, produit un autre phénomène, l'effet, alors l'effet ne peut précéder la cause. Ce qui, somme toute, peut paraître tout à fait normal, pour un esprit simple.

Bien que la physique des particules et la mécanique quantique aient apporté un autre éclairage de la causalité dite "relativiste", aucune expérience n'avait remis en cause fondamentalement le fameux principe.

Il avait, lui-même, touché de près la notion de l'éphémère avec les facéties que certaines particules élémentaires étaient capables de vous jouer, un clin d'œil durant un milliardième de picoseconde ... et hop ! Plus rien ! Mais, au fil du temps, il avait dû se rendre à l'évidence, la

Le papyrus de Djoser

physique officielle réfutait définitivement la possibilité de voyager dans le temps.

Oui mais voilà, il y avait cette … jeune femme, face à lui, qui venait de lui faire la démonstration que, non seulement cela était possible, mais qu'elle, elle l'avait fait !

— J'ai mille questions qui me viennent à l'esprit, mais l'une d'elle me brûle littéralement les lèvres … depuis quelle date les voyages dans le temps ont-ils été découverts ? demanda-t-il.

— Pas certaine de pouvoir répondre à toutes vos questions ! prévint-elle en souriant. Je suis experte en botanique et je ne connais que quelques généralités sur les technologies extratemporelles, mais on m'a enseigné que les voyages dans le temps mettent en œuvre des "portes sur l'espace-temps", qui existent naturellement dans la galaxie. La maîtrise de leur utilisation date d'une époque récente pour nous, mais je ne sais pas quand exactement …

Il déduisit de sa réponse que l'existence naturelle de ces "portes sur le temps" était une explication plausible du fait qu'elle avait pu "glisser" jusqu'à l'ère des dinosaures, quelques 250 millions d'années en arrière, sans être en contradiction avec le principe de causalité.

Il avait également entendu parler des "trous de ver", nommés quelquefois "pont d'Einstein-Rosen", pouvant servir de tunnels spatiotemporels, ou de "portes sur l'espace-temps" comme elle les nommait, mais non pas comme des objets réels, seulement des objets théoriques, et donc spéculatifs en astrophysique.

— Pourquoi étudier la flore de ces ères éculées ? poursuivit-il dans sa quête d'interrogations.

— Mais tout simplement pour parfaire nos connaissances fondamentales sur cette planète qui est également la nôtre, confia-t-elle. Et même si nous sommes vos enfants d'un futur lointain, nous avons à cœur de préserver au mieux le patrimoine de la terre et de veiller à ce qu'il existe au moins un univers réel qui mène jusqu'à nous … sinon nous disparaîtrons et l'extra-

Le papyrus de Djoser

temporalité avec ! C'est le but principal de notre Cellule d'Exploration du Temps …

Tout cela lui paraissait finalement assez logique mais, maintenant qu'il avait admis qu'elle venait bien du futur, les questions continuaient d'affluer dans son esprit.

— Avez-vous visité d'autres planètes que la terre ?

— Non, dit-elle. Nous maîtrisons la dimension temporelle des "portes du temps" terrestres seulement, nos missions sont uniquement sur cette planète. Mais puisque vous avez parlé d'autres planètes habitées que la terre, je vais vous montrer à présent un document encore plus irréel que tout ce que vous avez vu et pourtant cette scène a bien eu lieu … il ne s'agit pas d'un montage vidéo, puisque je l'ai vécue il y a peu de temps et c'est moi qui l'ai filmée …

Il la regarda véritablement surpris de sa proposition qui lui paraissait totalement irréaliste après ce qu'il venait de voir.

Elle manipula le RST et une image holographique apparut à nouveau comme par magie. Cette fois Berger reconnut immédiatement le décor. Il s'agissait de toute évidence d'une pyramide égyptienne, qu'il connaissait mais dont il avait oublié précisément le nom, qui dominait le désert de sa masse imposante. Au pied de celle-ci, prostrée dans des attitudes de prière, se tenait une foule immense, tournée vers le sommet de la pyramide. Au sommet se trouvaient trois créatures de taille impressionnante.

L'une d'entre elles, les bras levés vers le ciel, portait un sceptre et haranguait la foule dans une langue inconnue. La caméra zooma sur lui et Berger faillit tomber du banc sur lequel ils étaient assis … La créature avait l'apparence d'un dieu égyptien bien connu que Berger identifia sur le champ, il s'agissait d'Anubis, le dieu avec un corps d'humain et une tête de chacal … A ses cotés une autre créature se tenait face à la foule, elle ressemblait à la déesse Bastet, avec un corps de femme et une tête de chat, ou de chatte. Le troisième enfin, dont la silhouette correspondait au dieu Thot, avec un corps d'humain et une tête d'Ibis, se tenait en retrait et semblait prier le ciel.

Le papyrus de Djoser

L'enregistrement fut très court, à peine quelques secondes, et l'image disparut. Berger se tourna vers la jeune femme incapable de prononcer un seul mot.

> — C'est très bref, reconnut-elle. Je ne voulais surtout ne pas être découverte … et j'ai failli l'être …

> — … c'était très impressionnant … poursuivit-elle d'une voix à peine audible. J'ai encore la chair de poule lorsque je revois ces images …

> — De QUOI s'agit-il ? ou bien de QUI ? finit-il par demander après qu'il eut repris ses esprits avec peine.

> — Je ne le sais pas encore, répondit-elle. Ce sont les dernières images que je viens de recueillir lors de mon plus récent voyage … il y a seulement quelques heures … vous comprenez pourquoi j'ai ressenti le besoin de m'arrêter ici avant de rentrer, dans ce lieu calme et reposant. J'étais totalement bouleversée et j'avais besoin de reprendre mes esprits … alors je me suis posée ici, au hasard, maintenant, et je vous ai rencontré …

Elle lui lança un regard ému et mouillé de quelques larmes. Elle était en plein désarroi et Berger ne trouva pas d'autre geste que celui de lui tenir doucement la main. Il sentait qu'elle avait été vraiment affectée par cette scène qu'il trouvait lui-même impressionnante. Il sortit un mouchoir jetable et le lui tendit. Elle trembla encore plusieurs minutes et il y eut un long moment de silence avant que Berger ne reprenne la conversation.

> — Et vous Amélia? parlez-moi de vous … où êtes-vous née ? quel âge avez-vous ? quelle est l'origine de ce petit accent ? quel a été votre parcours ? comment vivez-vous cette condition de « voltaire » ?

Il enchaînait les questions tellement il avait envie de la connaître mieux.

> — Ho la ! toutes ces questions ? sourit-elle. Je suis née il y a 27 ans, dans mon repère spatio-temporel terrestre, ma langue natale n'est pas le français et je suis fière de faire partie des "soldats du

temps", comme tous les membres de la Cellule d'Exploration du Temps …

— … il y a deux sortes de soldats, les "implantés" qui sont sédentaires d'une époque, avec un séjour de longue durée, et les "missionnés", comme moi, qui ont des objectifs précis et ponctuels …

Elle s'interrompit soudain l'air contrarié.

— Je vous en ai déjà beaucoup trop dit, beaucoup plus que notre déontologie ne l'autorise … à présent ne me demandez plus rien … dit-elle avec fermeté.

Berger observait un mutisme poli afin d'éviter de la mettre en défaut. Mais elle semblait apprécier sa compagnie au point de lui pardonner beaucoup de choses. Toutefois, il prit le partie de ne plus l'importuner, ni de la mettre en difficulté vis-à-vis de sa déontologie.

— Je suis très heureux de cette rencontre que je n'aurai voulu rater pour rien au monde, déclara-t-il avec une vraie émotion dans la voix, conscient qu'il venait de vivre un moment unique et exceptionnel qui ne se reproduirait sans doute plus jamais.

— Moi également Max, dit-elle d'une voix douce. Je crois qu'il est temps pour moi de partir. Mais auparavant, je dois vous avouer une chose …

— Oui Amélia ? demanda-t-il intrigué et attentif à la fois.

— Hé bien … comment dire … ce n'est pas facile … bredouilla-t-elle.

— Je dois reconnaître que vous me troublez … lâcha-t-elle après un court silence. Et que j'ai du mal à vous quitter … il se dégage de vous et de vos yeux fascinants des ondes positives que je perçois et qui me procurent un sentiment étrange de bien être, comme un envoûtement … quelque chose que je n'avais jamais ressenti auparavant …

Berger se sentait terriblement gêné par ces propos, mais il se disait que la franchise était sans doute naturelle dans son monde à elle. Elle se leva du banc le regard un peu triste et remit son sac à dos bien en place. Il contempla ses chaussettes pour masquer son désarroi.

— Alors nous ne nous reverrons plus jamais ? questionna-t-il sans la regarder.

— Que nous réserve l'avenir ? je devrais être la plus qualifiée pour répondre à cette question ... dit-elle avec un franc sourire retrouvé. Mais je n'en sais strictement rien ...

— Oh ! une dernière requête cependant Maxence ... murmura-t-elle en s'affairant.

Il avait remarqué qu'elle l'avait par son prénom complet cette fois, comme si sa demande était très sérieuse.

— Oui Amélia de quoi s'agit-il ? questionna-t-il en se levant à son tour.

— Puis-je vous embrasser ? demanda-t-elle.

Et avant qu'il ne réponde elle avait déjà déposé une bise timide sur sa joue. Puis sans se retourner, elle commença à marcher sur le chemin qui l'avait amené jusqu'ici. Willie se leva et d'un bond rattrapa Amélia pour lui lécher la main une dernière fois. La chienne fit demi-tour à regret en gémissant car elle sentait bien que la visiteuse les quittait définitivement.

Berger suivit du regard la silhouette gracile autant qu'il le put, mais qui finit par disparaître derrière un bouquet d'arbres par le chemin qui l'avait conduit à lui. Décidément, son allure n'était pas sans lui rappeler quelqu'un, pensa-t-il ...

Il avait du mal à retrouver ses esprits après cette rencontre et il resta longuement assis sur le banc à essayer de se persuader qu'il n'avait pas rêvé. Il décida enfin de rentrer et pris le sentier dans le sens opposé, le cerveau toujours en désordre. Il s'interrogeait sur le sens profond de cette rencontre ... Etait-elle fortuite comme cela semblait être le cas ? Y avait-il un sens caché ? Une signification qu'il se devait de découvrir ?

Il avait le sentiment d'être devant l'un de ces nombreux problèmes qu'il avait eu à résoudre lors de sa carrière de scientifique. Ce

Le papyrus de Djoser

sentiment maintes fois éprouvé que la solution ou la réponse à la question posée était là, devant lui, et qu'il lui suffisait « d'ouvrir les yeux » ou bien son esprit pour l'appréhender.

Avaient-ils vécu « un point de singularité » comme aurait dit Amélia ?

Et puis, tout à coup, une idée jaillit dans son cerveau qui le glaça d'effroi. Une idée si invraisemblable qu'il n'arrivait pas à la formuler de manière cohérente avec des mots. Une hypothèse qui collait pourtant tellement bien à ces moments totalement incroyables qu'il venait de vivre.

> — Je viens de rencontrer Kristel ! se força-t-il à murmurer pour mieux prendre conscience de cette folle réalité. Je viens de rencontrer ma femme !

A présent, quand il y repensait, tout concordait à merveille, comme un puzzle que l'on finit par réussir à assembler. Son allure et sa silhouette qui lui rappelaient quelqu'un … l'attitude de la chienne qui lui avait pourtant donné une sacrée piste … tout cela aurait dû l'alerter plus tôt. Amélia était Kristel, sa femme, mais vingt-cinq ans plus tôt … Cette idée s'imposait comme une vérité, une évidence qu'il avait du mal à admettre mais dont il ne pouvait plus douter désormais. Kristel … un, ou une, "voltaire" extratemporelle ? Et il ne s'était aperçu de rien pendant vingt ans de vie commune ! Comment était-ce possible ? Pourquoi ne lui avait-elle rien dit ? Les questions se bousculaient dans sa tête et il n'avait aucune réponse, seulement une certitude, il venait de croiser Kristel sa femme, de la croiser dans le temps. Mais était-ce vingt ans plus tôt ou bien vingt ans plus tard ? La réponse était sans doute évidente mais tout restait flou dans sa tête …

Soudain, il réalisa que si Amélia était là aujourd'hui, alors sans aucun doute, Kristel ne pouvait être là simultanément. Il ne savait pas d'où il avait puisé ce raisonnement intuitif, mais il lui paraissait sacrément logique. Il se souvint que ce matin-là, contrairement à ses habitudes, Kristel n'était pas présente dans la maison de campagne qu'ils occupaient ensemble. Cela ne l'avait pas particulièrement marqué sur le moment, un peu intrigué seulement.

Le papyrus de Djoser

Kristel était la femme de sa vie, vingt ans de bonheur avec elle et il ne pouvait imaginer une seconde qu'en rencontrant Amélia il venait de la perdre.

Le papyrus de Djoser

XVI – Voyage dans le temps

Maxence Berger fut pris de panique et se mit à courir, essoufflé, Willie à ses basques, jusqu'au parking où était garé son véhicule. Il fit aussi vite que possible pour rejoindre leur maison, parvint difficilement en tâtonnant à ouvrir la porte fermée à clef et constata ce qu'il craignait, Kristel n'était pas là !

Totalement abasourdi, Berger chercha vainement une lettre ou un mot de sa femme dans toute la maison, mais rien. Puis, il abandonna ses recherches, s'assit dans le fauteuil du salon et se mit à pleurer comme un gosse, la tête entre les mains. Willie, la chienne s'était approchée pour lui lécher le visage, mais d'un geste il la repoussa. Il ne sut pas combien de temps il était resté prostré ainsi, avec cette idée lancinante qui lui faisait mal au point de n'être plus capable d'aucune initiative. Kristel n'était pas là et il voyait sa vie s'arrêter là …

Puis soudain, Berger entendît Willie grogner en direction de la porte, ce qui était sa manière de prévenir qu'un étranger devait sans doute être dans le jardin. Comme il n'avait envie de voir personne, il laissa la chienne faire son travail. Une voix cependant l'interpella derrière la porte :

— Monsieur Berger ?

Berger ne répondit pas.

— Monsieur Berger, êtes-vous là ? reprit-on d'une voix qui semblait jeune.

— Allez-vous-en ! répondit-il sans ménagement. Je ne veux voir personne !

— Monsieur Berger ! Je viens de la part de Kristel, dit la voix.

Le papyrus de Djoser

Aussitôt, Berger se précipita vers la porte et ouvrit. L'homme était jeune en effet, d'une vingtaine d'années environ, il portait un jean et un blouson de pilote comme Amélia.

— Où est-elle ? demanda Berger. Où est Kristel ?

— Lisez d'abord ceci … lui dit le visiteur en lui tendant une enveloppe qu'il s'empressa d'ouvrir. Une lettre de Kristel figurait à l'intérieur.

« A Maxence, l'amour de ma vie,

Si tu lis cette lettre c'est que tu sais à présent qui je suis.

Tu dois te demander comment cette incroyable histoire a pu nous arriver et pourquoi tu n'en as rien su jusqu'à aujourd'hui. Sache que je ne suis pas très fière de t'avoir caché la vérité, mais que si c'était à refaire, je recommencerais. Vingt ans de bonheur avec l'homme que l'on aime et que l'on admire, cela n'a pas de prix.

Mais je te dois quelques explications aux nombreuses questions que tu dois te poser. Notre rencontre d'aujourd'hui n'était pas préméditée. Elle s'est produite alors que l'on ne s'y attendait pas, ni toi, ni moi. Le hasard l'a voulu et l'a placée sur notre route. J'ai eu le coup de foudre instantanément pour toi et j'ai su que tu étais l'homme de ma vie. Alors j'ai tout fait pour que nos chemins se croisent à nouveau.

Le statut des « voltaires » n'est pas compatible avec une vie de couple bien rangé. J'ai donc négocié mon départ avec le CET à la condition que je ne dise rien sur mon origine, à quiconque, pas même à toi. Je l'ai accepté pour te retrouver.

J'ai donc « glissé » quelques années en arrière et perdu mon statut d'extratemporelle pour devenir ta femme, comme une simple terrienne et pour vivre avec toi. Souviens-toi notre première rencontre, elle est gravée à jamais dans mon cœur. »

Le papyrus de Djoser

A la lecture de cette évocation, l'esprit de Berger fut submergé par l'émotion et par les nombreux souvenirs avec sa femme. C'était à Venise qu'ils s'étaient rencontrés, à l'occasion d'un Congrès sur les nouvelles énergies, une semaine avant le carnaval. Kristel était à la même table que lui lors du dîner de clôture, il avait toujours cru par le fait du hasard. Il avait été immédiatement fasciné par sa personnalité, puis ils étaient restés à Venise une semaine entière dans l'ambiance du carnaval, et depuis ils ne s'étaient plus jamais quittés …

Berger reprit la lecture de la lettre …

> *« J'ai tout fait ce jour-là pour me retrouver face à toi. C'était merveilleux ! mais notre véritable première rencontre, c'est aujourd'hui …*
>
> *C'est aujourd'hui aussi que je dois partir, changer d'univers, afin d'éviter de rencontrer Amélia, ce qui serait fatal pour moi. Je suis triste de te quitter ainsi, toi que j'aime par-dessus tout. J'imagine que tu dois m'en vouloir pour ce que j'ai fait, mais sache que je t'aime et t'aimerai toujours.*
>
> *Kristel & Amélia avec tout mon amour*
>
> *Ps : Maxence, une dernière confidence, je n'ai jamais voulu d'enfant non pas parce que j'étais stérile mais parce qu'étant donné nos différentes mutations génétiques le CET a considéré comme importants les risques d'une naissance anormale.*
>
> *Ah oui, et puis j'ai fait quelques transformations esthétiques pour éviter que tu me reconnaisses aujourd'hui sous les traits d'Amélia. Voilà tu sais tout à présent ! »*

Berger était totalement liquéfié, livide et sans réaction. Les souvenirs se bousculaient dans son esprit. Kristel lui avait dit être Suisse pour expliquer son léger accent et aussi le fait qu'elle parlait sept langues. Beaucoup de choses devenaient soudain limpides après cette lettre,

Le papyrus de Djoser

des choses qui l'avait gêné mais qui jamais n'avaient pu ternir ou même altérer l'immense passion qu'ils avaient vécu jusque-là.

Bientôt il reprit totalement ses esprits et il éprouva comme un formidable sentiment de fierté devant l'attitude courageuse et volontaire qu'avait été celle de Kristel-Amélia. Une onde positive parcourut tout son corps et il se sentit prêt à affronter les événements de la suite car il eut soudain la certitude que les choses n'allaient pas en rester là …

Il s'aperçut alors que le jeune homme était toujours là, à attendre patiemment qu'il atterrisse.

— Où est-elle ? demanda-t-il à nouveau d'une voix ferme.

— Kristel a dû changer d'univers, vous l'avez compris n'est-ce pas ? répondit-il après un moment d'hésitation.

— Oui ! ça je le sais, merci ! mais y a-t-il un moyen de la rejoindre ? poursuivit-il sans nourrir la moindre espérance.

— Hé bien … peut-être … répondit l'homme après un long silence.

— Comment ? dites-moi comment ! hurla Berger en attrapant son bras.

Berger reçut instantanément une violente décharge électrique qui le mit à terre. Le RST du visiteur avait réagi tout seul et instantanément pour protéger le jeune homme qui aida Berger à se relever.

— Excusez-moi monsieur Berger, ça va aller ? demanda-t-il d'une voix inquiète.

— Oui ! parvint-il à grommeler. Excusez-moi plutôt, c'est à moi de m'excuser, je perds les pédales.

— Je comprends bien la situation, assura le jeune homme. Je suis autorisé par le CET à tenter de vous faire "glisser" dans l'univers de Kristel. Mais il faut que vous sachiez que cela n'est pas sans risque pour un terrien non extratemporel.

— Peu importe ! je suis prêt ! déclara immédiatement Berger. Que faut-il faire ?

Le papyrus de Djoser

— Sachez que cela sera la première expérience que nous tentons sur un humain, continua-t-il sans prêter attention à ses propos. Nous l'avons déjà fait avec des cobayes animaliers mais pas encore avec un humain. Vous serez le premier … et peut-être le dernier !

— Je veux retrouver Kristel ! coupa Berger, et rien ne me fera changer d'avis. Sans elle ma vie n'a plus de sens, alors dites-moi ce qu'il faut que je fasse.

Berger avait retrouvé son calme et il sentait un bien être immense envahir tout son esprit.

— Suivez-moi ! dit le visiteur du futur sans autre explication.

— Willie ! allez ! on y va ! on va retrouver Kristel … dit Berger en attrapant la chienne par son collier et il suivit le jeune homme sans aucune hésitation …

XVII – VOYAGE EN FRANCE

C'est dans une atmosphère londonienne, très pesante et stressante, sous le bombardement des météorites, qu'un début d'après-midi, John Perry reçut un appel "Visio" de Solène Dujardin. Perry accepta la communication :

— John ? dit la jeune femme d'une voix angoissée, le visage pâle et tendu.

— Oui Solène, demanda aussitôt Perry visiblement intrigué, que se passe-t-il ?

— Veuillez m'excuser John de vous appeler de manière inopinée, mais je n'ai confiance qu'en vous, dit-elle. Je viens d'apprendre par les médias la disparition du professeur Brisson, qui aurait été victime d'un accident de chasse. C'est impossible, John, Charles n'a pas pu participer à une partie de chasse, tout simplement parce qu'il exécrait les chasseurs et il ne l'a jamais caché. Il a été assassiné, j'en suis sûre, je suis très inquiète John !

— Je vois ça, répondit Perry paisiblement, gardez votre sang-froid et écoutez-moi bien. Faites scrupuleusement ce que je vais vous dire …

— … première chose à faire, poursuivit-il en essayant de rester calme lui-même et de bien articuler, prévoyez un court voyage et prenez une petite valise pour vous et votre fille avec des effets, mais uniquement pour l'essentiel. Emportez seulement vos papiers d'identité, et laissez votre visiophone dans l'appartement ainsi que toutes vos cartes bancaires, cartes à puces en tous genres ou objets connectés, toutes ces choses qui peuvent permettre de vous localiser … ensuite prenez un taxi-drone et attendez moi en bas de mon appartement, je peux voir

Le papyrus de Djoser

la rue de chez moi, je vous guetterai … surveillez vos arrières et si vous constatez que vous êtes suivie, allez directement au poste de police le plus proche et demandez de la protection pour vous rendre à l'ambassade du Canada …

— … pendant ce temps, je vais rechercher un guichet bancaire proche de chez moi et retirer le maximum d'argent liquide pour vous ! dit-il d'une voix sereine malgré son excitation intérieure. Si, très exactement cinq minutes après votre arrivée, je ne vous ai pas rejoint en bas, repartez en vitesse et rejoignez les locaux de l'ambassade canadienne à Londres … si, comme je l'espère, je suis là pour vous accueillir, alors je vous dirai la suite du programme ! allez, c'est parti ! n'attendez pas, et vous avez bien compris n'est-ce pas ? une fois arrivée en bas de chez moi, cinq minutes, pas plus ! et vous filez vous mettre à l'abri ! à tout de suite !

— Merci John, j'arrive tout de suite, répondit-elle.

Perry descendit précipitamment dans la rue et retira de l'argent au premier guichet rencontré, puis il rentra chez lui prudemment, tout en surveillant s'il n'était pas suivi. Quelques minutes plus tard, il vit arriver un taxi-drone qui se gara sous sa fenêtre et il redescendit aussitôt dans la rue. C'était bien Solène avec la petite Maria qui l'attendait et il pénétra dans l'habitacle du véhicule. Après avoir échangé une bise avec les deux passagères, Perry remit à Solène Dujardin la somme d'argent qu'il avait retirée et donna ses instructions :

— Voilà un peu d'argent pour payer votre voyage, dit-il en essayant de dissimuler son inquiétude. Avec le drone vous allez rejoindre le port de Douvres et prendre un ferry pour Calais, en France. Ensuite, de Calais, il y a un train direct pour Paris gare centrale, est-ce que c'est clair ?

La jeune femme opina du chef en guise de confirmation.

— Parfait ! poursuivit Perry. Arrivées gare centrale, vous allez au "point de rencontre" et vous attendez que l'on vienne vous chercher. Solène, écoutez-moi bien, vous ne parlez à personne, vous ne répondez pas si l'on vous aborde et vous ne bougez pas

Le papyrus de Djoser

de là jusqu'à ce que l'on vienne vous récupérer. La personne qui vous dira le mot "papyrus" sera celle que vous devrez suivre. Compris ?

Solène Dujardin semblait un peu perdue avec toutes ces explications mais elle fit un signe de la tête pour signifier qu'elle avait compris.

— Si je vous propose ce chemin un peu compliqué, c'est parce qu'il y a peu de chances que vous laissiez des traces de votre passage ainsi, expliqua-t-il, en tout cas c'est mieux que de passer par les aéroports. Avec ce trajet un peu compliqué, vous passerez en France sans que l'on puisse vous suivre, car il est important que personne ne sache où vous allez …

— Et où allons-nous John ? demanda Solène Dujardin.

— Vous le saurez au moment opportun, répondit Perry, pour l'instant c'est inutile et même dangereux que vous le sachiez … et surtout n'essayez pas de m'appeler, j'aurai de vos nouvelles, rassurez-vous !

— Pourquoi ne pas venir avec nous John ? interrogea Solène Dujardin. Ici, la vie est devenue infernale …

— Il ne faut surtout pas que nous disparaissions en même temps, affirma Perry, cela pourrait mettre la puce à l'oreille de ceux qui vous recherchent et dévoiler une piste d'investigation, en leur donnant l'opportunité d'établir un lien avec moi … non, croyez-moi c'est mieux ainsi !

— Est-ce que vous allez nous rejoindre bientôt ? demanda la jeune femme. Vous êtes peut-être en danger vous aussi …

— Je ne crois pas non, répondit Perry, je ne faisais pas partie de l'équipe qui a découvert le site archéologique de la bibliothèque d'Alexandrie et c'est vous que quelqu'un veut supprimer. Les professeurs Bryan Roswell et Charles Brisson ont disparu, et vous vous êtes sans doute la prochaine sur la liste ! je vous rejoindrai un peu plus tard, dès que je le pourrai … bon, à présent, vous filez ! vous avez bien compris n'est-ce pas ?

Le papyrus de Djoser

Douvres, puis Calais, ensuite Paris gare centrale et là vous serez pris en charge par quelqu'un de sûr !

Il déposa un tendre bisou sur la joue de la jeune femme et tapota les cheveux de la petite Maria avant de sortir du véhicule et de faire un signe de la main pour leur signifier qu'elles devaient à présent s'en aller.

Il resta sur le trottoir un long moment après leur départ, pensif et soucieux. Il espérait qu'elles arrivent indemnes à destination, et, pour la première fois de sa vie, il connaissait l'angoisse et la peur …

Le papyrus de Djoser

Solène Dujardin suivit à la lettre les instructions de John Perry et elle arriva trois heures plus tard sans encombre à Paris, gare centrale, où elle se dirigea immédiatement vers le "point de rencontre". La petite Maria déclara qu'elle avait faim et Solène put trouver une boutique où acheter des barres chocolatées, puis elles prirent place sur un banc prévu pour se restaurer et attendre.

Elle attendit environ une heure avant qu'une jeune femme, grande et élancée ne s'approche d'elles et murmure le mot "papyrus". Surprise, Solène Dujardin ne réagit pas immédiatement car elle n'imaginait pas qu'une femme puisse être la personne annoncée par John. Sans un mot, elle se leva, prit son bagage d'une main et Maria de l'autre, et s'approcha de l'inconnue qui déclara à mi-voix :

— Suivez-moi, dit-elle d'un ton ferme, sans se précipiter mais ne traînons pas !

Et elle s'engouffra dans les couloirs de la gare centrale, entraînant avec elle les deux fugitives. Elle semblait bien connaître les lieux car elle marchait rapidement, sans se retourner, et Solène avait du mal à suivre avec sa fille qu'elle devait forcer à marcher vite. Après une course qui n'en finissait plus, elles parvinrent sur une plate-forme qui permettait d'accéder aux wagons d'un train arrêté en attente du départ. Solène Dujardin n'eut pas le temps de distinguer la destination du train et elle suivit leur guide à l'intérieur d'un wagon où elles s'installèrent côte à côte sur des sièges correspondant à des billets détenus par celle-ci.

— Je m'appelle Samantha Carpentier, dit-elle en tendant la main à Solène Dujardin.

— Enchantée, répondit celle-ci en serrant machinalement la main tendue. Je …

— Je sais, coupa Samantha, vous êtes Solène et voici Maria, dit-elle en désignant la petite fille.

— Oui, dit Solène Dujardin, mais comment …

Le papyrus de Djoser

— John m'a beaucoup parlé de vous, dit Samantha avec un large sourire. Ne vous en faites pas, tout va bien se passer, à présent le plus compliqué est derrière vous.

— Où allons-nous ? demanda Solène Dujardin.

— Nous prenons la direction du sud de la France, répondit Samantha, dans deux heures environ nous serons au terme de notre voyage en train, puis nous aurons une demi-heure de route pour arriver à la destination finale.

— C'est-à-dire ? insista Solène Dujardin.

— Notre destination finale est la Camargue, finit par avouer Samantha, une région de France à l'écart de tout, vous connaissez déjà peut-être ?

— Non, pas du tout ! concéda Solène Dujardin.

Puis, au bout de quelques minutes, le train démarra, sans bruit et sans heurt, pour quitter la gare centrale et prendre rapidement sa vitesse de croisière. La nuit arrivait progressivement et l'on pouvait admirer à l'ouest un magnifique coucher de soleil, coloré de brun, de rouge et d'or, sur un fond de ciel bleu azur avec de longs nuages blancs et gris. Les étoiles commençaient à scintiller sur les fonds sombres du ciel qui était en permanence zébré par la lumière des nombreux météorites qui continuaient de pilonner la terre.

— Vous devriez installer Maria pour qu'elle puisse dormir un peu, conseilla Samantha, car la route est encore longue.

Tandis que Solène Dujardin tentait de trouver une place pour que sa fille puisse dormir, Samantha se mit à dévisager la jeune femme et à regarder plus attentivement sa tenue. Tailleur chic, chaussures de marque à talons hauts, Solène portait des vêtements qui tranchaient avec ceux de Samantha, car celle-ci, chevelure longue et brune au vent, portait une chemise ouverte sous un gilet de cuir noir avec un blue-jean et des bottes.

— Là où nous allons, vous aurez du mal à vous sentir à l'aise avec vos habits, déclara Samantha en souriant et en montrant d'un

Le papyrus de Djoser

geste la tenue de Solène. Heureusement, nous sommes à peu près de la même corpulence et je pourrai vous prêter une tenue moins sexy mais plus confortable ...

— ... ah oui ! et faites-moi donc penser également à vous fournir de la crème solaire, poursuivit-elle souriante en montrant la peau blanche et délicate de Solène qui tranchait avec la sienne mate et bronzée. Là où nous allons, le soleil tape fort en cette saison ...

— ... et puis, des produits contre les moustiques aussi, vous allez en avoir besoin ... vous verrez, ils aiment la chair fraiche des touristes.

Les paysages défilaient à vive allure et la nuit tombait lentement, mettant ainsi en relief encore plus la trajectoire des cailloux lumineux dans le ciel.

— Comment connaissez-vous John Perry ? demanda Solène Dujardin, après un court silence, intriguée depuis le début par le fait que cette femme superbe connaissait John Perry. Etes-vous sa femme ?

— Sa femme ? s'exclama Samantha en éclatant de rire. Bien sûr que non, dieu m'en préserve ! il est déjà assez pénible à supporter comme ça. Non, je suis sa sœur ...

— Sa sœur ? mais vous ne portez pas le même nom ... fit observer Solène Dujardin.

— Je porte le nom de mon mari, Solène, tout simplement ! rassura Samantha avec un sourire.

— Ah ok ! dit Solène Dujardin qui sembla soudain soulagée.

Lorsqu'elles arrivèrent à proximité de la gare d'Arles, Samantha prévint Solène qu'il était temps de réveiller Maria car elles descendaient au prochain arrêt. Il faisait nuit noire lorsqu'elles débarquèrent du train en gare d'Arles sur un quai quasiment désert où les attendaient un homme de grande taille. Affublé d'un grand chapeau, il était vêtu d'une chemise à carreaux, d'un gilet de cuir marron, avec des bottes et

Le papyrus de Djoser

un pantalon de cuir qui le faisaient ressembler à un cowboy. Sans un mot, l'homme prit Maria encore endormie dans ses bras et conduisit tout ce petit monde à l'extérieur de la gare où une grosse voiture, un énorme tout-terrain, les attendait.

> — C'est mon mari, déclara simplement Samantha avec un sourire destiné à Solène Dujardin.

Il aida les trois passagères à s'installer et démarra en trombe dans la nuit en direction de la Camargue.

Le papyrus de Djoser

Pour Solène Dujardin la transition fut brutale et le dépaysement total. En effet, partie de Londres, ville bruyante, agitée et surchauffée, elle se retrouvait dans un mas, en pleine nature et avec un calme nocturne apaisant en dépit des météorites qui éclairaient la nuit en silence et des nombreux insectes en tous genres qui égayaient la nuit de leurs gazouillis.

Elle avait fait la connaissance du mari de Samantha, Guilhem, et de plusieurs autres garçons, portant un accoutrement comparable à celui de Guilhem, qui habitaient également dans les dépendances de la grande masure blanche, nommée le "mas du cheval isabelle". En voyant l'inscription en arrivant, Solène avait demandé :

— Que signifie donc "cheval isabelle" ?

— C'est une couleur de la robe du cheval caractérisée par la présence d'un pelage dans les tons jaune sable, avait répondu Guilhem.

Tout ce petit monde était occupé à présent autour d'un immense feu qui faisait office de barbecue et les convives avaient pris place autour d'une grande table en bois à l'extérieur des habitations. Samantha et les garçons s'activaient autour d'immenses poêles et casseroles pour cuisiner le repas du soir. N'ayant rien dans l'estomac depuis la matinée, Solène avait pu apprécier un excellent morceau d'entrecôte de bœuf cuit à même le feu, servi avec une appétissante ratatouille. Elle n'avait jamais mangé ce genre de cuisine et elle demanda :

— Samantha, qu'est-ce que nous mangeons ? je ne connaissais pas, mais c'est très bon !

— De la ratatouille, répondit Samantha avec un grand sourire, c'est un ragoût de légumes méditerranéens avec de l'huile d'olive, un plat typiquement régional. On y met toutes sortes de légumes du jardin bien assaisonnés, tomates, courgettes, aubergines, poivrons de toutes les couleurs, ail, oignons, thym et autres herbes, et l'huile d'olive, qu'on laisse mijoter longuement.

Lorsque le repas fut terminé, ils restèrent un bon moment à table, juste pour goûter le calme de la nuit camarguaise. Tout autour d'eux,

Le papyrus de Djoser

les criquets, grenouilles et insectes en tous genres s'en donnaient à cœur joie pour donner leur habituel concert nocturne. Profitant d'un moment de répit de ses hôtes, Solène Dujardin les remercia :

— Guilhem, Samantha, je vous remercie infiniment pour tout ce que vous avez fait pour moi et pour ma fille, dit-elle.

— C'est normal Solène, dit Samantha, John tient beaucoup à vous et nous aussi, par la même occasion.

— Mais il y a seulement quelques heures nous ne m'aviez jamais rencontrée, répliqua Solène Dujardin. Vous savez que c'est sans doute dangereux de m'aider, n'est-ce pas ?

— Lorsqu'on accepte l'idée d'être le beau-frère de John Perry, dit Guilhem avec un grand sourire pour Solène et une œillade pour sa femme, il faut s'attendre à tout !

Samantha embrassa son mari pour ce compliment indirect.

— Grand merci encore ! déclara Solène Dujardin. Je suis totalement dépaysée ici !

— Attendez demain, dit Samantha, vous n'avez encore rien vu ! Solène, je vais appeler John pour le rassurer, voulez-vous lui dire deux mots ?

— Très volontiers oui, répondit Solène Dujardin.

Peu de temps après, Samantha avait échangé quelques mots avec Perry et elle confia le visiophone à Solène qui put s'apercevoir que le journaliste avait une petite mine.

— Vous allez bien ? demanda-t-il, Maria aussi ?

— Très bien John et merci pour ce que vous faites, dit-elle.

— Vous verrez, vous serez bien là-bas, en tout cas mieux qu'ici ! assura-t-il.

— Et vous ? comment allez-vous John ? vous me manquez … affirma-t-elle.

Le papyrus de Djoser

— Les choses ne vont pas mieux mais moi je vais bien, dit-il en ignorant la fin des propos de la jeune femme. Je crois que nous devons en rester là pour ce soir, je suis heureux et soulagé que vous ayez pu parvenir en lieu sûr, vous et Maria ...

La communication fut coupée à l'instant sans que Solène Dujardin ait pu lui dire combien elle espérait le revoir bientôt.

— La petite Maria doit être épuisée, dit soudain Samantha, quand vous le souhaiterez je vous conduirai à votre chambre.

Le papyrus de Djoser

XVIII – Le "Mas du cheval isabelle"

Solène Dujardin découvrait chaque jour un peu plus ce qu'était un élevage de taureaux de Camargue. C'était un monde nouveau pour elle et sa fille et elle n'avait jamais imaginé qu'elle puisse rencontrer un jour tous ces jeunes gens, qu'elle côtoyait aujourd'hui, menant une telle vie.

Elle avait posé des questions à Samantha pour essayer de comprendre quel était exactement le but de leurs existences :

— Donc, si j'ai bien compris, vous élevez ces "bêtes à cornes" uniquement pour satisfaire les traditions de cette région ? demandait-elle.

— Oui, exactement, répondait Samantha, ces traditions ont la vie dure et se sont perpétrées jusqu'à aujourd'hui. Quelques-unes sont abattues pour leur viande aussi, mais leur rôle principal est en effet d'animer les courses de taureaux dans les arènes.

— Qu'est-ce donc exactement ces courses ? la corrida ? se hasardait Solène Dujardin.

— Mais non, souriait Samantha, nos taureaux prennent leur retraite dans les pâturages où ils sont nés, lorsqu'ils ont terminé leur vie active. Ce sont comme des stars et ils ne finissent pas sur l'étal du boucher, comme les toros de corrida. D'ailleurs les corridas sont interdites de nos jours, et non pas nos courses camarguaises … lorsque vous verrez ce magnifique spectacle vous comprendrez ! mais il faudra attendre un peu car, en ce moment, vu les circonstances, les courses taurines sont suspendues …

Le papyrus de Djoser

— Ah bon, disait Solène Dujardin, je préfère ainsi car j'ai horreur de la corrida ! Mais les cowboys là, les jeunes gens habillés comme dans les westerns, que font-ils ? quel est leur job ?

— Ce ne sont pas des cowboys, disait Samantha en éclatant de rire, mais cela y ressemble. Ici, on les appelle des "gardians". Ils font en sorte que les taureaux vivent en paix et en liberté pour conserver leur instinct sauvage, mais tout en préservant également l'intégrité de la race.

Totalement décontenancée au début, Solène Dujardin prenait progressivement ses marques au quotidien et ses repères dans l'immense bâtisse qu'était le "mas du cheval isabelle". Elle avait appris à se prémunir des attaques de ces maudits insectes que sont les moustiques et à anticiper les dégâts du soleil sur sa peau et celle de Maria.

Même si elle regrettait un peu la vie citadine avec ses grands magasins et son confort, elle reconnaissait que cette existence rustique ne manquait pas de charme. Ici, même si le danger était tout aussi présent, elle n'éprouvait pas le stress de sa vie londonienne pour elle et pour sa fille, en dépit de quelques impacts de météorites qui touchaient cette nature sauvage autour d'eux, avec de vastes plans d'eau stagnante, où grouillaient une faune et une flore que Solène prenait grand soin d'éviter.

Dans cette région à l'écart des grands axes de communication et des métropoles surpeuplées, on retrouvait les vraies valeurs de la vie rustique en même temps que les bienfaits des durs labeurs saisonniers agricoles. Malgré son inexpérience, Solène prenait grand plaisir à participer aux tâches champêtres pénibles et ne manquait pas une occasion pour aider ses hôtes lors de la cueillette des fruits et des légumes, ou bien à faire la cuisine pour tous ces jeunes gens qui revenaient affamés de leurs activités journalières. Elle avait vite compris que la vie communautaire du "mas" exigeait la contribution de tous.

Samantha n'avait pas encore d'enfant, mais Maria avait appris à jouer et à s'occuper avec les enfants de certaines familles de gardians qui

Le papyrus de Djoser

habitaient dans les dépendances du mas. D'ailleurs ici, tout le monde était bienveillant avec Solène et Maria … même si quelquefois on se moquait de leur accent québécois. Et elles se moquaient à leur tour avec bonhomie de l'accent prononcé du sud de tout ce petit monde …

Le papyrus de Djoser

John Perry avait fini par rejoindre Solène Dujardin et sa fille au "mas du cheval isabelle". La situation à Londres était devenue totalement invivable et nombre d'activités étaient progressivement interrompues. Beaucoup de citadins, ou du moins ceux qui avaient pu le faire, avaient fui la capitale pour trouver refuge dans les campagnes. Mais tous n'avaient pourtant pas la chance de pouvoir s'exonérer de travailler, car, sans ressource, la vie dans les grands centres urbains était impossible. Les rassemblements et les spectacles étaient désormais interdits de crainte qu'une météorite ne s'écrase et fasse de nombreux dégâts. Chaque jour apportait son lot de désolation, de morts, de blessés et certains quartiers avaient été totalement détruits par les cailloux tombés du ciel.

Pour Solène Dujardin, non seulement la vie au "mas du cheval isabelle" était agréable, mais Samantha et sa bande de "cowboys-gardians" étaient à l'abri de toutes les pénuries, car le mas pouvait vivre en totale autarcie à tout point de vue. Les récoltes agricoles, la chasse, la pêche ainsi que l'élevage de toutes sortes de volailles et volatiles, de cochons et autres animaux de la ferme assuraient largement l'autonomie alimentaire, tandis que l'installation solaire assurait l'énergie électrique pour l'ensemble des habitations.

C'est ce que la jeune femme avoua à Perry lors de leurs retrouvailles :

— John, dit-elle, j'ai découvert ici un monde nouveau et une autre façon de vivre dont j'ignorais totalement l'existence.

— Oui, je me doute, répondit Perry …

— … cela me fait penser à ce proverbe chinois : « la grenouille, dans sa mare, ignore tout de l'océan. » …

— Tu insinues donc par-là que je suis une grenouille ignorante John ? demanda-t-elle avec un air faussement sévère.

— Oui assurément, confirma fermement Perry, mais nous sommes tous des grenouilles ignorantes ! qui aurait pu imaginer qu'une histoire pareille soit possible ? je suis moi aussi une grenouille ignorante … et il est fort probable que nous ne soyons pas au

Le papyrus de Djoser

bout de nos surprises ! et donc nous serons encore plus des grenouilles ignorantes ! …

— Je crois savoir ce à quoi tu fais allusion, déclara-telle. Si demain on découvre que ces cailloux qui nous tombent sur la tête sont téléguidés par des extraterrestres venus chez nous il y a cinq mille ans, nous serons encore plus des grenouilles ignorantes !

— Exactement Solène ! confirma Perry. Il y a beaucoup de chances pour que le « *papyrus de Djoser* » ait été écrit par des intelligences qui savaient ce que l'avenir nous réservait … je ne vois pas, pour ma part, qui d'autre aurait pu prédire que l'ADN de certains animaux renfermait des informations cachées et que la Terre serait soumise à une « pluie de feu », c'est-à-dire à un bombardement intensif d'astéroïdes !

— Je ne vois pas, moi non plus, dit Solène Dujardin, et ils ne se sont pas contentés seulement de le prédire, ils sont sans doute aussi les auteurs de ces faits totalement ahurissants !

— Oui parfaitement Solène, je suis de ton avis ! dit Perry en imitant le coassement de la grenouille.

Et ils éclatèrent de rire …

Le papyrus de Djoser

Ce matin-là, John Perry et Solène Dujardin promenaient tranquillement à cheval à travers les maigres pâturages de la propriété, réservés d'ordinaire aux taureaux. Elle pratiquait à présent parfaitement la monte des petits chevaux camarguais, nerveux mais francs du collier, certes différents de ceux du club d'équitation de Montréal où elle avait appris à monter, et elle avait pris l'habitude, en compagnie de John Perry, de chevaucher au milieu des « bêtes à cornes », comme elle les nommait.

Au détour d'un chemin ils tombèrent sur une bande d'individus en train de piller un verger de pommiers appartenant au "mas du cheval isabelle". Aussitôt, Perry lança son cheval au galop en direction des pillards après avoir mis en garde Solène :

— Solène, disparaissez ! allez prévenir Guilhem, dit-il.

— John, n'y allez pas, c'est dangereux, répondit-elle.

Le vol de denrées alimentaires dans les campagnes était devenu chose courante avec les pénuries que connaissaient les grandes villes. Perry était persuadé qu'à son arrivée les malfaiteurs s'enfuiraient, mais il fut surpris de constater qu'ils étaient armés et qu'ils s'apprêtaient à le recevoir. Arrivé à leur hauteur, Perry n'eut d'autre choix que de les aviser :

— Foutez-le camp de là, dit-il vulgairement, c'est une propriété privée et vous n'avez pas le droit de prendre ce qui ne vous appartient pas !

— Tu ferais mieux de nous laisser tranquilles sinon ça va barder pour toi, dit celui qui semblait être le chef de la bande en le menaçant avec un couteau de combat.

Perry put dénombrer au moins six voleurs et il remarqua que certains possédaient également des armes à feu. Leur véhicule était garé sur un chemin de terre, en bordure du verger, et ils faisaient des va-et-vient pour le charger avec des caisses de pommes. Perry voulut s'interposer en poussant son cheval vers eux, mais l'un des malfrats s'approcha avec un pistolet braqué sur lui :

Le papyrus de Djoser

— On t'a dit de te barrer, dit le complice, ou bien dans trois secondes tu es mort !

A cet instant précis, un homme apparut sur le chemin de terre, sorti de nulle part, et s'adressa aux voyous :

— Disparaissez, toi et tes amis ! dit-il d'une voix tranquille.

Il portait un sac à dos et était vêtu d'un jean et d'un blouson de pilote. Il s'exprimait avec un accent étrange qui semblait avoir pour origine l'un des nombreux pays de l'est de l'Europe. L'homme paraissait avoir un peu plus de trente ans et avait une corpulence inhabituelle que Perry n'avait encore jamais vue. Il était grand, musclé et massif, avec un cou de taureau, au point que l'on avait l'impression qu'il était aussi large que haut. Il tenait en main un objet étrange qui brillait au soleil et qui ressemblait vaguement à une arme de poing.

En quelques secondes à peine, et avant même que Perry ait pu juger du changement de rapport de force, il vit s'écrouler les voleurs, les uns après les autres, comme un jeu de quilles touché en plein centre. Entre temps, l'inconnu avait rangé l'objet dans l'une de ses poches et s'était approché tout près de Perry, toujours perché sur son cheval.

— Bonjour monsieur Perry, dit-il en tendant la main pour le saluer.

Machinalement, Perry descendit du cheval et serra machinalement la main tendue vers lui.

— Vous les avez tués ? demanda-t-il.

— Non, seulement endormis, et peut-être un peu choqués, répondit-il. ils auront sans doute une bonne migraine à leur réveil.

— Merci pour votre aide, déclara Perry, sans vous j'aurai passé un mauvais quart d'heure …

— Oui, dit simplement l'inconnu, je suis arrivé au bon moment.

— Mais qui êtes-vous ? et comment connaissez-vous mon nom ? interrogea Perry.

Le papyrus de Djoser

> — Eh bien … c'est un peu compliqué, affirma l'homme, mais comme nous n'avons pas de temps à perdre, je vais tout vous expliquer … mais ici ne me semble pas le lieu idéal pour cela, pourquoi n'irions-nous pas au mas ? vous pourriez m'offrir un verre d'eau fraiche par la même occasion …

Perry n'en croyait pas ses oreilles, et il allait objecter qu'il ne le connaissait pas suffisamment pour l'amener avec lui, lorsqu'un véhicule chargé de gardians et conduit par Guilhem arriva du mas, alertés sans doute par Solène Dujardin. D'ailleurs, celle-ci ne tarda pas à apparaître derrière eux et elle descendit de cheval pour s'approcher de Perry :

> — John, vous allez bien ? demanda-t-elle en voyant les corps des malfrats gisant au sol, mais s'est-il passé ?

> — Monsieur … monsieur que voilà et dont j'ignore le nom a réglé leur compte à tous ! dit Perry. Je ne sais même pas comment il a fait …

> — Vous êtes monsieur ? demanda-t-il en se tournant vers son sauveur.

> — Je m'appelle Ely Fox, dit-il. ravi de vous rencontrer madame Dujardin …

> — Mais comment connaît-il mon nom ? se demanda Solène Dujardin.

> — Rassure-toi, dit Perry, il connait le mien également. Apparemment monsieur Fox nous connaît, mais nous ne le connaissons pas !

> — Nous venons à l'instant de faire connaissance, railla Fox avec un sourire. Mais je vous propose de vous en dire plus lorsque nous serons mieux installés.

> — Parfait ! dit Perry, alors allons-y …

Guilhem assura Perry qu'il allait s'occuper des voleurs et qu'il les rejoindrait plus tard.

Le papyrus de Djoser

Arrivés au "mas du cheval isabelle", ils s'installèrent dehors sous une tonnelle, à l'ombre, et tandis que Guilhem les rejoignait Samantha leur apporta des boissons fraiches. Après avoir bu d'un trait un grand verre d'eau glacée, l'inconnu prit la parole sans se faire prier :

> — Nom vrai nom est fastidieux puisqu'il comporte des chiffres et des lettres en grand nombre mais, dit-il, mon surnom est plus simple, appelez-moi "Ely Fox". Je sais que vous aurez du mal à croire ce que je vais vous dire, mais c'est la stricte vérité et comme je vous l'ai dit, monsieur Perry, nous sommes tous pressés car le temps est compté pour tout le monde ...

Fox avait soudain pris une voix avec un ton plus sévère et John Perry et Solène Dujardin étaient suspendus à ses lèvres.

> — ... je suis, ce que nous appelons chez nous un « voltaire », continua-t-il, qui est la contraction du mot français "volontaire", et je fais partie du premier corps d'élite de la Cellule d'Exploration du Temps où j'ai le grade de "Commandeur". Nous sommes des terriens comme vous, mais notre plus grande différence avec vous c'est que nous voyageons dans le temps car nous sommes des extratemporels !

> — Vous vous foutez de nous ! s'exclama Perry abasourdi en interrogeant Solène Dujardin du regard.

> — Pas du tout ! affirma l'inconnu. c'est la stricte vérité ! et je comprends que cela vous paraisse invraisemblable, mais vous devez me croire ...

> — Des ... quoi ? interrompit Guilhem effaré, "extratemporel", ça veut dire quoi déjà ? ça veut dire qu'il est immortel ?

> — Non, du tout ! ça veut dire qu'il voyage dans le temps, répondit Perry imperturbable.

> — Oui, c'est exact, confirma Fox, nous ne sommes pas immortels, seulement des voyageurs dans le temps.

Solène Dujardin ouvrait des yeux ronds comme des billes, manifestant ainsi son incrédulité.

Le papyrus de Djoser

— Ça existe vraiment ça ? demanda naïvement Guilhem, je croyais que c'était uniquement dans les films de science-fiction.

— Avez-vous une preuve de ce que vous avancez ? insista Perry.

— Non, répliqua immédiatement l'extratemporel, vous devez me croire sur parole, et puis nous n'avons pas beaucoup de temps devant nous, c'est pourquoi je vous bouscule !

Fox attendit un instant, le temps que ses interlocuteurs "avalent" son histoire tandis que lui avalait un nouveau verre d'eau glacée. Puis il reprit :

— Je vais répondre tout de suite à l'une de vos possibles interrogations, poursuivit-il, ne me demandez pas pourquoi nous sommes ainsi, je ne pourrai pas vous dire avec précision ni comment tout cela est arrivé, mais c'est ainsi ! …

— … notre repère spatio-temporel terrestre naturel se situe quelques 5.000 ans dans le futur par rapport au début de notre ère, précisa-t-il. Nous nous déplaçons dans le temps grâce aux "portes du temps" qui nous permettent de "glisser" d'un univers espace-temps à un autre …

— … si je suis ici aujourd'hui, c'est parce que nous sommes en guerre avec une civilisation extraterrestre qui cherche à vous asservir et à nous détruire. Notre sort à tous se joue maintenant ! c'est pourquoi j'ai dit que nous n'avions pas de temps à perdre …

— … et c'est pourquoi je vous livre toute la vérité sans fioriture ! je m'excuse d'aller vite, mais je n'ai pas le choix ! … pas le temps de mettre les formes …

— … je puis vous dire comment je vous connais monsieur Perry et vous également madame Dujardin, dit-il, et je connais le rôle que vous avez joué tous les deux jusqu'ici. C'est grâce au professeur Bryan Roswell et à quelques autres personnes qui ont suivi de près les derniers événements …

— Mais Bryan Roswell est mort ! coupa Solène Dujardin.

Le papyrus de Djoser

— Croyez-vous ? répliqua Fox, il a disparu en effet il y a plusieurs mois, mais Bryan fait partie des nôtres, et lorsqu'il a senti que ses jours étaient en danger, il nous a rejoint car sa mission était terminée.

— Sa mission ? demanda Solène Dujardin.

— Oui, dit Fox, sa mission était de participer à la découverte du site de la bibliothèque d'Alexandrie …

— Vous voulez dire que vous connaissiez l'existence du site archéologique ? interrogea Perry qui avait enfin la réponse à l'une des questions qu'il se posait depuis longtemps.

— Oui, dit simplement Fox, c'est nous qui sommes à l'origine de cette découverte, car nous pensions que cela déclencherait une succession d'événements … évidemment, nous ne nous attendions pas à ce que cela tourne ainsi …

— Quoi ? s'exclama Perry, vous avez joué aux apprentis sorciers avec cette affaire ? sans savoir où cela vous mènerait ? et nous mènerait par la même occasion ?

— Exactement, confirma Fox l'air toujours aussi calme. Cela ne sert à rien de regarder dans le rétroviseur, il faut faire face à la situation à présent …

— Qui est proprement désespérée ! acheva Perry.

— Je suis ici pour essayer d'arranger cette histoire, dit Fox avec détermination.

— Et comment comptez-vous régler cette affaire ? demanda Perry. Avez-vous au moins une idée de ce qui se passe en ce moment ?

— Les astéroïdes de la ceinture trans-martienne, situés entre Mars et Jupiter, sont déviés de leur trajectoire naturelle par une force gravitationnelle orchestrée par les extraterrestres, dit-il. A cet instant encore, nous ignorons comment ils procèdent, mais rassurez-vous, nous finirons bien par le savoir. Et nous ne sommes pas prêts du tout à abandonner la lutte ! …

— Nous ? interrogea Perry.

Le papyrus de Djoser

— Oui mais je vous expliquerai ça un peu plus tard, … et d'ailleurs, poursuivit-il, je suis venu vous voir parce que j'ai besoin de vous …

— Besoin de nous ? comment ça ? demanda Perry.

— Oui, de vous, John Perry, répondit Fox.

— Une question d'abord, demanda Perry, comment avez-vous pu trouver l'endroit où nous sommes ?

— C'est juste une question de logique, répondit Fox, nous avions un enquêteur qui était chargé de garder contact avec madame Dujardin et vous-même, monsieur Perry. Lorsqu'elle a disparu, nous vous avons suivi, pensant que vous ne seriez pas très loin d'elle. Et lorsque vous avez disparu à votre tour quelque temps plus tard, cela n'a pas été facile d'établir le lien avec votre sœur, mais nous y sommes parvenus …

— Vous avez eu connaissance de l'existence de ma sœur et de l'endroit où elle vivait ? questionna Perry.

— Naturellement ! répliqua l'extratemporel, nous avons des gens très efficaces !

— Et pour me retrouver dans le pré avec les voyous ? comment avez-vous fait ? poursuivit Perry.

— J'ai simplement suivi l'emplacement de votre visiophone, celui que vous portez là, répondit Fox en montrant l'appareil qui dépassait de la poche de sa chemise … j'ai donc besoin de vous, disais-je, …

— Bon, je vous écoute, dit Perry.

— Je sais que vous êtes en bons termes avec le Premier ministre de sa Majesté britannique, commença-t-il.

— Stop ! coupa Perry, je vous arrête tout de suite. Qui me dit que vous êtes bien ce que vous prétendez être ? votre histoire paraît tellement invraisemblable … admettez que croire à l'existence de l'extra-temporalité c'est faire preuve d'une grande naïveté, qui me dit que vous n'êtes pas plutôt dans l'autre camp ? celui

Le papyrus de Djoser

des extraterrestres ! je n'ai aucune preuve de la véracité de vos dires … et vous voudriez que je vous fasse rencontrer le Premier ministre ? qui me dit que vous ne voulez pas l'assassiner ? pour déstabiliser un peu plus notre pays et notre planète …

Ely Fox se taisait, visiblement ébranlé par les arguments de Perry. Il semblait réfléchir à la manière de convaincre le journaliste et après avoir ingurgité un nouveau verre d'eau d'un trait, il reprit la parole :

— Monsieur Perry, dit-il, vous me voyez là, devant vous, pacifique et serein, ai-je l'air d'un méchant extraterrestre ? vous semblez oublier que je vous ai sorti d'un mauvais pas …

— Peut-être oui, répliqua Perry, mais cela pourrait être une mise en scène avec des complices à vous. D'ailleurs, je trouve que vous vous êtes débarrassé bien facilement de ces voyous …

— Madame Dujardin, reprit Fox en se tournant vers Solène Dujardin, seriez-vous convaincue de ma bonne foi si vous entendiez le professeur Roswell vous confirmer mes dires ?

— Hum … dit-elle, peut-être que oui, bien que je ne connaisse pas aussi bien monsieur Roswell que je ne connaissais monsieur Brisson …

— Vous avez dit que le professeur Roswell était des vôtres, s'exclama Perry, ça ne sera donc pas extraordinaire s'il confirme vos propos, y compris si ce sont des mensonges !

— Monsieur Perry, dit Fox, je comprends vos hésitations, mais nous perdons un temps précieux et si je ne peux accéder à une autorité telle que le Premier ministre, mon plan n'a plus aucune valeur …

— Et quel est ce plan ? questionna Perry. Peut-être pourrons-nous juger de vos réelles intentions si vous nous en dites un peu plus …

— Bon, ok, convint Fox, voici le plan que j'ai en tête. Pour l'heure, le plus urgent est d'arrêter ce déluge de cailloux qui tombent du ciel, et pour cela il nous faut une arme. Cette arme existait voici quelques années et, autant que je sache, elle est toujours en état de fonctionner, pour peu que j'arrive à convaincre son concepteur, celui qui sait la manipuler, et que nous puissions accéder à une logistique et à des observatoires astronomiques pour diriger la manœuvre. Et pour cela, j'ai besoin des autorités afin de disposer de l'infrastructure nécessaire … d'où l'appui du Premier ministre que j'espérais obtenir avec votre aide …

— De quelle arme parlez-vous ? demanda Perry.

— Il s'agit du VLHC, le "Very Large Hadron Collider", répondit Fox, celui-là même qui a permis la découverte du graviton et qui a valu le prix Nobel à une équipe de chercheurs du CERN. Il fonctionne avec une chaîne complexe de satellites en orbite géostationnaire autour de Mars et de la Terre, transportant d'énormes électroaimants embarqués qui dévient un faisceau d'antiprotons et le dirigent vers la cible choisie. Avec la puissance de ce dispositif, je suis persuadé que nous pourrons stopper la pluie de feu.

— Eh bien, dit Perry après une courte réflexion, j'ai trouvé vos explications assez convaincantes et je suis d'accord pour vous accompagner voir Vince Taylor, Premier ministre de sa Majesté britannique. A la condition, bien sûr, que vous ne lui cachiez rien …

— Marché conclu ! s'empressa d'accepter Fox. Mais, euh … j'ai une autre requête à vous soumettre …

— Laquelle ? demanda Perry.

— Pardon monsieur Perry, pas à vous, mais à monsieur Carpentier, propriétaire des lieux, répliqua Fox.

— A moi ? s'exclama Guilhem Carpentier tout surpris.

— Oui, à vous, confirma Fox. Voyez-vous, cet endroit me paraît un endroit rêvé pour établir un quartier général qui soit, à la fois, loin de tout, à l'abri des regards indiscrets et totalement autonome au plan alimentaire et énergétique … un commando

Le papyrus de Djoser

d'une vingtaine d'hommes doit me rejoindre et trouver où s'installer … qu'en pensez-vous Guilhem ?

— Eh bien, dit Carpentier, je peux leur donner de l'espace ainsi que les moyens de se nourrir, dit-il, pas de souci, mais je n'ai rien à vous proposer pour vous loger.

— Pas grave, nous avons ce qu'il faut pour nous loger, répondit Fox, des tentes feront l'affaire … le climat est clément dans cette région.

— Grand merci à vous tous, c'est super ! conclut-il l'air sincère avant de s'éloigner et sortir de son sac un étrange objet brillant au soleil, objet avec lequel il allait sans doute entrer en contact avec ses compagnons.

XIX – Les « voltaires »

John Perry et Guilhem Carpentier étaient dans la cour principale du "mas du cheval isabelle" lorsque se produisit sous leurs yeux une chose absolument inimaginable, une pluie de corps humanoïdes ...

Ils restèrent bouche bée en voyant se matérialiser autour d'eux des corps humains, comme par magie, surgissant du néant, leur silhouette floue devenant de plus en plus nette en quelques secondes. Ils étaient tous semblables, jeunes, équipés d'un sac à dos qui paraissait lourd, vêtus de jean et de blousons de pilote, et tenaient dans la main un objet étrange, identique à celui que Fox avait exhibé et utilisé en plusieurs occasions.

Guilhem Carpentier portait toujours avec lui un ceinturon avec un Colt-laser. Après s'être frottés les yeux, il fit mine de dégainer son arme, lorsque le commandeur surgit d'on ne sait où et intervint aussitôt :

> — Ne faîtes pas ça Guilhem, dit-il, ce sont les hommes de mon commando de « voltaires » dont je vous ai parlé !

Encore effarés et sous le choc du spectacle, Perry et Carpentier s'approchèrent des individus en compagnie du commandeur. En tout, on pouvait compter une vingtaine de "soldats du temps", dont parmi eux quelques femmes.

> — Merci d'avoir accepté de nous accueillir Guilhem, déclara Fox. Rassurez-vous, je ne vais pas vous les présenter un par un ... pouvez-vous seulement nous dire où ils peuvent s'installer ?

Guilhem Carpentier les conduisit dans un immense champ, voisin des habitations, mais à distance respectable, pour éviter que les bruits ne gênent réciproquement, à proximité d'un lac d'eau douce.

Le papyrus de Djoser

— Quel va être leur rôle exact ? demanda Perry. Vous comptez attaquer les extraterrestres avec cette minuscule armée ?

— Peut-être pas, répondit Fox, mais ne vous trompez pas, Perry, ces gars-là sont des soldats d'élite et ils sont capables de beaucoup plus que vous ne l'imaginez, et puis, je parie que les extraterrestres ne sont pas si nombreux que ça … vous savez, de nos jours les guerres ne sont pas gagnées par le plus grand nombre, fort heureusement, ce sont les armes qui comptent et surtout la cervelle …

— Savez-vous où les trouver ? interrogea Perry.

— Non, répliqua Fox, mais nous finirons bien par le savoir ! et je puis vous assurer que, ce jour-là, vous verrez ces gars à l'œuvre et vous serez impressionné !

— Je vous crois, dit simplement Perry.

— Que mangent-ils ? demanda naïvement Carpentier.

— La même chose que vous, répliqua Fox en éclatant de rire. Ils feront leur cuisine comme des grands avec les produits qu'ils trouveront. D'ailleurs, certains d'entre eux sont d'excellents cuisiniers et vous pourrez vous en rendre compte lorsqu'ils vous inviteront.

— Dites-leur qu'ils peuvent se procurer eux-mêmes leur nourriture, dit Carpentier. Les vergers de fruits et les champs de légumes leur sont ouverts, la pêche et la chasse sont également possibles ici, les alentours sont pleins de gibiers, lapins, lièvres, sangliers et oiseaux de toutes les espèces. S'ils ont besoin de courant électrique, il est possible d'aménager une ligne branchée sur notre installation.

— Parfait ! dit le commandeur. Je vous remercie pour tout ce que vous faites pour nous. Je ne m'attendais pas à être aussi bien reçu pour cette mission déjà pas mal compliquée.

— Ah, une dernière chose Fox, dit Carpentier d'un ton sérieux, je ne veux pas d'histoires entre vos hommes et mes gardians. Je tiens à ce que la cohabitation soit pacifique, sinon mon invitation ne tient plus !

— Je comprends parfaitement, déclara Fox, je vais leur dire tout cela.

Le papyrus de Djoser

Un matin, quelques jours après l'installation des « voltaires », une dizaine de gardians arrivèrent sur leurs chevaux au galop à proximité de leur campement. Ils poussaient de grands cris pour faire avancer un magnifique taureau camarguais qui trottinait au milieu des chevaux des gardians qui l'encadraient.

Elodia, l'une des « voltaires » qui séjournaient au mas, alertée par le bruit, sortit de sa tente et se trouva, nez à nez, sur la trajectoire de l'animal. Dès qu'il vit la jeune femme, le taureau fonça droit sur elle. Elodia, eut le réflexe d'esquisser un mouvement vers la gauche, puis une volteface vers la droite, et le taureau, emporté par son élan, continua tout droit. Cette façon d'esquiver les quadrupèdes à cornes en pleine course était exactement celle qu'utilisaient les professionnels des spectacles taurins.

Les gardians stupéfaits arrêtèrent leur chevauchée et assistèrent à une scène qui n'était pas prévue. Le taureau s'était retourné et avait repris sa charge en direction de la jeune femme. Elodia, eut tranquillement le temps de sortir un objet bizarre de sa poche et de le pointer vers l'animal. Il y eut un flash silencieux et le taureau se mit à tituber, un second flash et la bête s'écroula lourdement sur le sol, hors d'état de nuire.

Les gardians se massèrent alors de façon menaçante autour de la jeune femme et l'un d'eux l'apostropha :

— Hey, vous l'avez tué ? vous êtes folle ! dit-il.

— Je ne l'ai pas tué, seulement endormi, répondit-elle. Mais je ne garantis pas que la prochaine fois je serai aussi bienveillante … c'est dangereux de jouer avec ces bestioles !

— Qu'est-ce que vous avez dans les mains ? demanda un autre des jeunes gardians. Donnez-moi cet engin, vous n'êtes pas chez vous ici …

— Venez le chercher ! répondit-elle sur un ton ferme.

— Mademoiselle, ne m'obligez pas à user de violence envers une femme, dit-il, je vous demande de me remettre cet objet !

Le papyrus de Djoser

— Il n'en est pas question, répliqua-t-elle, le regard provocateur.

— Prenez-le-lui ! ordonna celui qui semblait être le chef de la bande.

Deux hommes descendirent de cheval pour se précipiter vers la jeune femme. En un éclair, sans avoir compris comment, l'un d'eux se retrouvait au sol, le nez dans la poussière, et l'autre avait le bras pris dans une clé qui le paralysait totalement.

Le commandeur Ely Fox, qui avait vu toute la scène sans intervenir, s'approcha du groupe et déclara :

— Eh les gars, vous n'avez pas honte de vous attaquer à une faible femme et, qui plus est, de vous faire ridiculiser ? ...

— ... si vous avez envie de vous distraire, dit le commandeur, vous venez me voir moi ! vous ne le regretterez pas ! mais laissez tranquilles ces hommes et ces femmes, laissez-les faire ce pourquoi ils sont ici, et ça n'est pas pour se divertir, croyez-moi. Et puis, vous avez affaire à la plus jeune de notre commando et si elle l'avait voulu, vous seriez tous comme la bestiole là-bas, étalé dans la poussière et hors d'état de nuire.

Voyant la stature physique du nouvel arrivant, les hommes reculèrent et commencèrent à penser que ça n'était pas le bon jour pour s'amuser.

A cet instant, Guilhem Carpentier arriva sur les lieux et vit tout ce petit monde en ébullition.

— Que se passe-t-il ici ? demanda-t-il. Fox, il y a un problème ?

— Un problème ? répondit le commandeur le plus sérieux du monde, bien sûr que non Guilhem, tout va bien ! n'est-ce pas les gars ?

L'ensemble des gardians opta pour la version de Fox, car, gênés et surpris par la tournure imprévue des événements, ils confirmèrent que tout allait bien.

— Un problème ? non, pas du tout ! que des solutions ...

Le papyrus de Djoser

— Pas de souci, patron …

— Juste une visite de courtoisie …

— Et ce taureau que je vois là, parterre, que fait-il là ? insista Carpentier.

— Vos gars l'auront épuisé à force de le faire cavaler ! répondit Fox en souriant.

Guilhem Carpentier maugréa quelques mots avant de disparaître, peu convaincu par les protagonistes.

Le papyrus de Djoser

XX – VINCE TAYLOR

Après un voyage difficile, ponctué de nombreux retards, John Perry et Ely Fox, furent enfin reçus par le Premier ministre, Vince Taylor. Après une fouille fastidieuse, les agents de la sécurité n'avaient pas voulu laisser passer Fox avec son "Relais Spatio-Temporel" dont il ne voulait pas se séparer. Il avait fallu l'intervention du Premier ministre lui-même pour permettre que Fox entre dans le bureau de Taylor avec son mystérieux objet.

Vince Taylor paraissait soucieux, sans doute à cause d'une situation qui ne cessait de se dégrader.

— Entrez messieurs, dit-il en s'avançant pour les saluer, et asseyez-vous.

Ils serrèrent la main de Taylor et prirent place autour de la petite table que Perry connaissait bien à présent et où une tasse de thé froid les attendait.

— Vince, commença Perry, nous savons que tu as du travail qui t'attend et nous irons donc au but le plus directement que possible. Si tu as des questions complémentaires n'hésite pas à nous interrompre …

— Voici monsieur Ely Fox, poursuivit-il en montrant de la main le commandeur, ça n'est qu'un pseudonyme, mais c'est pour simplifier, c'est en tout cas ce qu'il prétend. Tu te souviens de cette histoire invraisemblable de "déluge de feu" que nous avions évoquée lors de notre dernière entrevue avec le professeur Albertino, et devant laquelle tu émettais des doutes ?

Vince Taylor approuva d'un signe de la tête.

Le papyrus de Djoser

— ... eh bien, poursuivit- Perry, cela s'est avéré exact n'est-ce pas ? mais tu n'es pas au bout de tes surprises, car je t'annonce que ce monsieur qui est là devant toi ... est un extratemporel ! ...

Le visage du Premier ministre exprima de la stupéfaction, avec des yeux tout ronds et des sourcils soulevés, mais il ne dit rien et laissa Perry continuer.

— Je laisserai monsieur Fox exposer ses requêtes dans un instant, reprit Perry, mais je tiens juste à te préciser une chose, pour rajouter de l'inconcevable à l'inimaginable, que selon sa théorie, ce sont des extraterrestres qui bombardent la planète en ce moment ...

L'incrédulité et l'effarement envahirent le visage de Taylor, tandis que Fox buvait tranquillement sa tasse de thé qu'il semblait apprécier. Le Premier ministre arborait un visage à la fois inquiet et consterné. Il dévisagea un long moment sans un mot Fox qui continuait de déguster sa boisson sans émotion apparente.

— Je dois dire pour être honnête avec toi Vince, reprit Perry, que je n'ai aucune confiance ni aucune preuve de ce que nous raconte ce monsieur Fox, que je ne connais que depuis deux jours. A vous, monsieur Fox ...

— Je tiens tout d'abord à vous remercier monsieur le Premier ministre d'avoir accepté de me recevoir, et je dois dire que je n'avais jamais bu un thé aussi remarquable, commença-t-il.

Perry faillit avaler de travers sa gorgée de thé devant une telle désinvolture. Taylor fit un signe de la tête pour inciter Fox à poursuivre :

— Monsieur le Premier ministre, comme l'a précisé monsieur Perry, dit-il calmement, je viens du futur, d'un futur éloigné, environ deux mille cinq cents ans devant nous, mais je suis tout aussi terrien que vous-même et j'ai bien conscience, plus que tout autre, que notre planète est en danger, en danger de mort ... et si notre civilisation bascule dans la barbarie ce sera, non seulement la fin de votre culture, mais également la fin de notre extra-temporalité ! ...

— ... j'ai été envoyé ici et maintenant pour combattre cette civilisation extraterrestre qui convoite notre destruction et notre planète, poursuivit-il. Ils ont orchestré une série d'événements dans l'unique but de provoquer la chute de notre monde, et la phase actuelle est cruciale puisque le bombardement de la terre avec des météorites fait partie d'un plan de déstabilisation des autorités. A ce rythme-là, dans quelques semaines, leur plan aura réussi et les populations désemparées auront renversé la plupart des gouvernants de la planète, comme c'est déjà le cas pour les plus fragiles ...

— ... j'envisage, en un premier temps et urgemment, de stopper ce déluge de feu venu du ciel, et ensuite de combattre à la racine la cause de ce dérèglement gravitationnel. Nous n'avons pas encore déterminé cette cause mais je ne désespère pas que nous y parvenions.

— Comment pensez-vous stopper le bombardement ? demanda doucement Taylor visiblement intéressé.

— Toutes les conditions sont réunies pour cela, répondit Fox en remplissant sans gêne à nouveau sa tasse vide avec la théière posée devant eux. Il existe dans l'espace un dispositif complexe, mais encore opérationnel, qui a été conçu pour exploiter une source d'antimatière venue du cosmos et de procéder à des expérimentations nucléaires sous le contrôle du CERN. Ce dispositif est connu sous le nom de VLHC, le "Very Large Hadron Collider" et il a permis la découverte du graviton, ce qui a valu le prix Nobel à l'équipe concernée des chercheurs du CERN. Vous pourrez facilement vérifier mes dires si vous entretenez encore des doutes sur ma sincérité, ce que je peux très bien comprendre ...

— ... la seconde condition, enchaina-t-il, est que je parvienne à convaincre l'homme qui sait manipuler ce dispositif et qui a participé au projet que je viens d'évoquer. Il vit en Californie et

Le papyrus de Djoser

son nom est Maxence Berger, cela aussi sera facilement vérifiable par vous … mais avant d'aller le voir, je dois avoir les coudées franches en matière d'autorisations officielles et de logistique …

— … d'où ma requête auprès de vous, monsieur le Premier ministre, dit-il en regardant Taylor droit dans les yeux, qui est de vous solliciter pour cautionner ce projet de remise en route du dispositif VLHC. il s'agit tout simplement de demander au CERN d'accueillir une équipe de scientifiques qui pourra disposer de la logistique nécessaire pour utiliser le matériel et l'actionner à l'encontre des cailloux … il faudra également obtenir le concours d'un ou deux observatoires astronomiques pour localiser avec précision les astéroïdes et diriger la manœuvre …

— … voilà, monsieur le Premier ministre, je suis vraiment désolé d'être aussi lapidaire, sans aucun mauvais jeu de mot, mais nous n'avons pas de temps à perdre, vous le savez, et je puis à présent vous donner des précisions si vous le souhaitez …

Taylor sembla réfléchir un court instant la tête baissée avant de déclarer :

— Je crois, monsieur Fox que vous avez dit l'essentiel, dit-il d'une voix lasse, et nous sommes totalement d'accord sur le constat, il faut faire cesser ce bombardement au plus tôt sinon, vous avez raison, nous allons tous devoir partir la queue entre les jambes, nous, les dirigeants …

— … je dois reconnaître que votre théorie mettant en scène des méchants extraterrestres qui font la guerre aux gentils terriens et aux extratemporels est complètement loufoque, mais elle a le grand mérite d'être cohérente avec les événements inexplicables qui se sont produits ces derniers temps et pour lesquels personne n'a pu me donner, jusqu'ici, une quelconque explication rationnelle …

— … quant à savoir si vous dites la vérité ou bien si vous êtes un imposteur, un fanfaron ou un charlatan, poursuivit-il, cela m'est complètement égal … pour une raison simple … la situation est tellement désespérée que je suis prêt à vous suivre, pourvu qu'il y ait une toute petite chance de réussite. Topez-là, monsieur Fox !

L'entretien était manifestement terminé et John Perry n'en croyait pas ses oreilles tandis que le commandeur Fox semblait heureux comme un gosse à qui l'on venait de faire le cadeau qui le comblait.

Lorsqu'ils eurent passé la porte pour prendre la sortie du 10 Downing Street, Fox se tourna vers Perry et lui glissa :

— Cet homme est vraiment un homme de décision ! dit-il en parlant du Premier ministre, un vrai chef d'état !

XXI – MAXENCE BERGER

Pour l'heure, aux yeux du commandeur Ely Fox, l'homme le plus important de la planète à contacter était Maxence Berger, ex-chercheur au CERN. Principal acteur de la mise en place du VLHC, Maxence Berger avait conçu un synchrotron spatial pour libérer la formidable énergie des particules d'antimatière provenant du cosmos. Un faisceau d'antiprotons déviés par des capteurs magnétiques situés en orbite autour de Mars était concentré vers une immense cible de 53 mètres de diamètre en orbite lunaire. L'énorme quantité d'énergie ainsi libérée avait permis de mettre en évidence le fameux graviton et de faire progresser considérablement la connaissance dans le domaine des particules élémentaires.

Cette extraordinaire découverte que représentait l'antimatière venue du cosmos, était passée totalement inaperçue quelques années plus tard et devait tomber en désuétude pour être à nouveau sortie de l'oubli 157 ans plus tard, grâce aux chercheurs de l'Université d'Indiana ...

Mais à l'instant présent, l'heure était si grave pour la planète qu'une telle aubaine pouvait être capitale pour sa survie ...

Lorsque Fox se présenta devant la jolie petite maison de style californien au milieu d'un jardin agréable, il eut droit au grognement d'une chienne de garde qui se tenait sur le palier. Fox franchit sans hésiter l'entrée donnant sur la rue et prit le chemin en pierres blanches qui conduisait à la maison. La chienne fit son travail en s'avançant vers lui les crocs dehors, puis elle s'arrêta à quelques mètres de l'homme et cessa toute velléité belliqueuse. Au passage, Fox laissa traîner sa main sur le sommet de la tête de l'animal pour une brève caresse et monta avec autorité les quelques marches qui permettaient l'accès à l'entrée de la demeure.

Le papyrus de Djoser

Il poussa le bouton de la sonnette et quelques instants plus tard une femme d'âge mur ouvrit la porte et fit son apparition. Immédiatement, Kristel Berger sut à qui elle avait affaire :

— Vous ? commandeur ? s'exclama-t-elle visiblement très surprise et très émue par cette rencontre.

— Bonjour Amélia, dit simplement Fox imperturbable, cela fait un long moment que l'on ne s'est vu. Puis-je entrer ?

Amélia, alias Kristel, ouvrit grand la porte d'entrée et invita Fox à pénétrer à l'intérieur. Fox jeta au passage un rapide coup d'œil sur Kristel et pensa que, certes, elle avait quelques années de plus, mais elle gardait une silhouette svelte très agréable à regarder.

— Kristel, qui est-ce ? demanda une voix venant du fond de l'habitation.

Voyant que sa femme ne répondait pas, Maxence Berger fit son apparition dans le salon où il trouva un inconnu en présence de sa femme qui paraissait quasiment paralysée par l'émotion.

— Kristel, que se passe-t-il, dit Berger voyant l'état de sa femme, qui est cet individu ? que veut-il ?

— Max, je te présente le "Commandeur", du premier corps d'élite de la Cellule d'Exploration du Temps, répondit Kristel après avoir retrouvé une partie de ses esprits.

Maxence Berger mit un certain temps avant de se resituer dans le contexte qui était lointain pour lui à présent, les voyages dans le temps, les extratemporels, tout ce que Kristel avait décidé d'abandonner.

— Que voulez-vous ? Kristel n'a plus rien à voir avec vous et avec tout ça, dit-il en se dirigeant vers la porte d'entrée comme pour raccompagner le commandeur.

Ely Fox se tenait debout, proche de l'entrée, sans broncher et il jugea en un éclair qu'il devait apaiser le climat pour éviter que la situation ne lui échappe.

Le papyrus de Djoser

— Ça n'est pas Kristel que je suis venu voir, dit-il d'une voix ferme campé sur sa position, mais vous, monsieur Berger !

Le regard de Maxence Berger exprima de l'étonnement et un regain d'intérêt :

— Moi ? demanda-t-il, vous êtes venu du futur lointain pour me voir moi ?

— Oui, répondit le commandeur, enfin, plus exactement je suis venu pour tenter de sauver la planète et j'ai grandement besoin de vous pour cela.

— Besoin de moi ? s'enquit Berger, vous plaisantez ! que pourrais-je pour vous et pour la planète ?

Le commandeur prit son temps avant de répondre car il cherchait les mots qui pourraient aller droit au cœur et convaincre le physicien.

— La découverte du graviton vous rappelle quelque chose j'imagine, n'est-ce pas ? demanda-t-il.

— Euh … oui évidemment, répondit Berger un peu déconcerté par la question. Mais quel rapport avec …

— Malgré le fait que vous ayez changé de repère espace-temps, l'ensemble du dispositif de satellites géostationnaires autour de Mars et de la Terre est toujours en place, affirma Fox. Nous avons vérifié …

— … pensez-vous qu'il soit en état de fonctionner ? poursuivit le commandeur.

— Je pense oui sans doute, répliqua le physicien après une courte réflexion, un peu désemparé par la tournure d la conversation. Mais pourquoi toutes ces questions ?

— Puis-je avoir un verre d'eau ? demanda soudain Fox.

— Mais oui, bien sûr, dit aussitôt Kristel pleine de confusion, asseyez-vous commandeur et je vous sers un verre d'eau tout de suite.

Le papyrus de Djoser

Ely Fox prit tout son temps pour faire les quelques mètres qui le séparaient d'une chaise et prendre place à la table du salon. Il voulait ainsi, en prenant son temps, laisser Berger plongé dans sa perplexité.

— Merci Kristel, dit-il simplement après que Kristel l'eût servi.

— Je crois que je viens de comprendre, dit soudain Berger. Vous voulez utiliser la source d'antimatière pour intercepter les astéroïdes !

— Bravo ! applaudit le commandeur, je vois que vos méninges ne sont pas totalement rouillées après toutes ces années d'inactivité professionnelle. Alors ? vous en pensez quoi ?

Le physicien réfléchit assez longuement avant de répondre :

— L'installation est conçue pour dévier un faisceau anti-protonique dans une seule direction, dit-il. Or, pour être efficace contre les cailloux venant du ciel, il faudrait pouvoir braquer le faisceau dans toutes les directions selon les besoins, c'est-à-dire selon la taille des astéroïdes que l'on veut atteindre. Je ne pense pas que cela soit possible …

— Qu'est-ce qui s'oppose à ce que la direction du faisceau soit adaptée selon les besoins ? demanda Fox.

— Le réglage des électro-aimants ! objecta Berger, pour changer de direction il faut calculer et transmettre les nouveaux réglages des électro-aimants placés sur les satellites et reconfigurer les machines, cela prend du temps !

— Oui, je vois … déclara le commandeur en prenant soudain un air de découragement, comme si le ciel venait de lui tomber sur la tête.

Il y eut un long moment de silence durant lequel Fox en profita pour avaler d'un trait son verre d'eau fraîche.

— A moins que … prononça le physicien le regard fixé sur la ligne d'horizon.

— A moins que quoi ? interrogea le commandeur soudain revigoré.

Le papyrus de Djoser

— Le montage du VLHC complet comporte environ une dizaine de satellites, dit Berger, mais les quatre derniers sont ceux qui déterminent la direction finale. Deux sont dédiés pour plus bas ou plus haut, et deux autres sont dédiés pour plus à gauche ou plus à droite … il est vrai que changer de direction en agissant sur les réglages des électro-aimants est fastidieux, mais en agissant sur l'orientation des satellites eux-mêmes, la manœuvre est bien plus simple !

— Eh bien voilà ! s'exclama Fox. Il suffisait d'y penser !

— Oui, mais … car il y a un mais … l'interrompit le physicien.

Le commandeur lui lança un regard interrogateur.

— Actionner les commandes électriques des électro-aimants cela use seulement l'électricité du satellite qui est régénérée avec les panneaux solaires, expliqua Berger, alors qu'actionner les moteurs du satellite cela consomme le carburant des réacteurs qui est en quantité limitée !

— Et de quelle autonomie disposons-nous ? questionna Fox.

— De quelques jours à quelques semaines, cela va dépendre de la fréquence à laquelle les moteurs seront sollicités, déclara le physicien.

— Ça vaut le coup de tenter ! s'enthousiasma à nouveau le commandeur.

— Attendez commandeur, coupa Berger, pas si vite !

— Quoi encore ? demanda Fox, à nouveau inquiet.

— Il faudra tout de même mobiliser au moins un observatoire astronomique, voire deux, qui envoient des images sur le centre de contrôle situé au CERN, et accessoirement, il faudra aussi l'autorisation de la direction du CERN pour utiliser la salle de commandes et de pilotage à distance des installations …

— Vous aurez tout ça ! assura le commandeur avec un grand sourire intérieur. Je m'occupe de tout !

Le papyrus de Djoser

Le commandeur se dirigea vers la porte, visiblement satisfait de son entrevue, puis, juste avant de franchir le seul, il se retourna vers ses hôtes :

> — Ah oui, au fait ! dit-il avec un grand sourire, cela vous dirait de revenir habiter en Europe ? je connais un endroit excellent où vous serez en sécurité et où il fait bon vivre malgré la crise. Je vous fais parvenir les billets et les modalités pour que nous puissions vous récupérer en France … à très bientôt !

Il s'éclipsa sans attendre la réponse.

XXII – LE CANON À MÉTÉORITES

La salle de contrôle du CERN, à Genève, était située au 3ième sous-sol, dans les galeries creusées sous le plateau surplombant la ville, datant de l'ère paléolithique. Une vingtaine de techniciens s'affairaient devant des écrans permettant de piloter à distance la chaîne complexe des satellites en orbite géostationnaire autour de Mars et de la Terre. Les énormes électroaimants du VLHC, embarqués dans les satellites, déviaient le faisceau d'antiprotons pour le diriger vers la cible désignée. C'est ce que le commandeur Fox appelait le « canon à météorites ».

Sur le mur face aux contrôleurs, se trouvaient deux grands écrans qui retransmettaient les images en provenance des observatoires du mont Wilson et du Cerro Paranal, nuit et jour, 24h sur 24. On voyait défiler sur les écrans les astéroïdes, qui, attirés par une force invisible et inconnue, prenaient la direction de la Terre. Le signal numérique en provenance des deux observatoires était traité par de puissants ordinateurs de sorte que les images projetées indiquaient la taille de chacun des cailloux. Dès lors, il était facile, pour celui qui tenait les commandes, de viser les plus gros astéroïdes et de procéder à un tir du « canon à météorites ».

Le commandeur Fox était souvent présent dans la salle et il appréciait la façon dont Maxence Berger avait pris en main les opérations. Il dirigeait les équipes de techniciens du CERN avec autorité et il avait donné de précieux conseils aux équipes d'astronomes qui produisaient les images primordiales pour la chasse aux astéroïdes.

Ce matin-là, Fox assistait à la séance de tirs, positionné dans la salle de contrôle en hauteur et en retrait, sans rien dire, mais sans rien perdre du spectacle.

Le papyrus de Djoser

A un moment, un astéroïde se présenta plein écran et on pouvait lire la taille, 25 mètres de diamètre. Un caillou comme celui-là aurait pu faire un trou énorme en atterrissant au sol, mais Berger donna aussitôt l'instruction de le détruire. Après quelques secondes de réglage, la visée pointa en plein milieu du caillou.

— Feu ! ordonna le physicien.

Il y eut une lumière intense qui jaillit du bas de l'écran et qui provoqua un choc formidable, sans que l'on ne puisse percevoir aucun son, et le caillou éclata en morceaux sous l'effet de l'impact. Bien sûr, dans l'espace, il n'y eut ni bruit ni onde de choc, seulement des fragments éparpillés dans le vide autour de Mars. L'énorme astéroïde avait été pulvérisé par le faisceau et aussitôt Berger montra un autre caillou dans le viseur du VLHC, moins important, mais dont la destruction s'avérait également nécessaire.

Fox s'approcha doucement du siège de Berger :

— Beau boulot Maxence, dit-il admiratif.

— Salut commandeur, déclara Berger, c'est comme dans un jeu vidéo ! il suffit de viser … mais le problème c'est qu'il y a une source inépuisable de ces cailloux …

— Que reste-t-il comme autonomie ? demanda Fox.

— On essaie de profiter d'une position pour exploser le maximum d'astéroïdes sans avoir à déplacer les satellites, expliqua le physicien, car heureusement, les cailloux empruntent une trajectoire comme s'il s'agissait d'un couloir qui les aspire vers la Terre. Mais on doit pouvoir tenir encore trois semaines, pas beaucoup plus …

— Trois semaines … répéta le commandeur le regard pensif, cela signifie que d'ici là il faudra avoir réussi à neutraliser la cause de cette distorsion gravitationnelle … avez-vous une idée, Maxence, de l'origine de ce champ de gravitation ?

Berger réfléchit un long moment avant de répondre :

Le papyrus de Djoser

— A l'évidence, il ne s'agit pas d'une origine naturelle, dit-il, et David Forester, l'astronome attaché à l'observatoire du mont Wilson me disait qu'il avait peut-être une piste … lui et son copain, Donovan Matthews font des mesures croisées du champ gravitationnel local pour tenter de déterminer l'emplacement de la source en se servant de l'intersection des courbes de niveau. Ils prétendent que ces courbes naturelles ont été altérées par une source exogène au système solaire et qu'en comparant les courbes avant et après, ils pourraient déterminer l'emplacement de ce que l'on cherche.

— Avez-vous une idée du temps qu'ils vont mettre ? demanda Fox.

— Aucune, répliqua Berger, je n'ai aucune notion d'astronomie et je ne saurai vous dire si les calculs sont simples ou bien complexes … mais le vous savez aussi bien que moi, en général en astronomie, ils sont complexes !

Le papyrus de Djoser

Ça n'est que six jours après les premiers tirs du « canon à météorites » que la situation sur terre commença à s'améliorer. L'essentiel des météorites était pulvérisé en entrant dans l'atmosphère terrestre et les quelques "petits cailloux" qui résistaient n'étaient pas de taille à provoquer des catastrophes. On était presque revenu à la situation normale, à ceci près que la terre était bombardée sans cesse, de jour comme de nuit. La nuit, le spectacle était féérique, et les gens pouvaient désormais le regarder sans céder à la panique.

La terre avait néanmoins été lourdement frappée et les stigmates de cette époque abominable subsistaient un peu partout. Pas une grande ville n'avait été épargnée par la pluie de feu tombant du ciel et certains quartiers avaient même été littéralement rasés, entrainant de nombreux disparus, morts et blessés. On ne comptait plus les pertes. Le spectacle de la désolation était partout et en promenant dans les cités, on pouvait mesurer l'immense effort de reconstruction qui attendait l'humanité.

Comble de chance, ou de malchance, selon le côté où l'on se trouvait, les industries fabriquant les robots avaient été durement touchées par la crise économique engendrée par ces événements dramatiques. On ne comptait plus les mises en faillite ou bien les fermetures pures et simples des pourvoyeurs de produits robotiques et de leurs sous-traitants. Les quelques exemplaires encore en état de fonctionner dans le monde n'étaient plus maintenus et, tôt ou tard, avec certitude, ils allaient tomber en panne. Cela aurait des conséquences bénéfiques au plan de l'emploi, libéré au profit des humains, et la main d'œuvre allait même sans doute manquer sur les chantiers de reconstruction.

Le redressement économique allait profiter de cette aubaine, résultat inattendu de cette tragédie pour le plus grand bonheur des populations privées d'emplois depuis longtemps. La vie allait reprendre ses droits, peu à peu, après que le traumatisme ait été évacué par les humains rescapés. L'histoire de l'humanité était ponctuée d'épisodes terribles et d'holocaustes, et à chaque fois, l'instinct de survie avait été suffisamment fort pour surmonter les épreuves et repartir vers l'avant.

L'espoir renaissait un peu partout et la meilleure preuve en était que les nombreuses sectes religieuses qui avaient prospéré durant la crise

Le papyrus de Djoser

commençaient à disparaître progressivement. La kyrielle de prêtres, gourous, mentors et autres charlatans en tous genres qui occupaient la scène religieuse, ésotérique ou mystique étaient révoqués, destitués, traqués ou même violentés. Certains d'entre eux avaient fait l'objet d'une arrestation et de poursuites en justice pour leurs agissements illicites.

Les médias locaux ou internationaux, si prompts à décrier et à salir les responsables politiques lorsque les affaires allaient mal, soudain ne tarissaient pas d'éloges à propos de la « détermination des hommes d'état qui avaient su redresser la situation ». Parmi les quelques dirigeants encore en place, qui avaient pu résister à la vague des destitutions, Vince Taylor, le Premier ministre de sa Majesté britannique, était encensé et couvert de louanges pour le rôle éminent qui avait été le sien durant la crise. Il était à présent connu partout dans le monde entier et sa côte était au plus haut, tant et si bien que certains sondages le plaçaient en tête pour assumer les plus hautes fonctions à l'ONU avec l'ambitieux et difficile mandat de redresser la planète.

Mais la bataille n'était pas finie pour autant et encore moins gagnée, car, pour l'heure, ce que les médias ignoraient, c'est que la source de la déformation du champ gravitationnel n'était toujours pas identifiée et que les réserves de carburant dans les satellites du VLHC étaient au plus bas ...

De nombreuses questions cependant restaient encore sans réponse. Quelle était la cause réelle de cette pluie de météorites ? Comment avait-on procédé pour l'interrompre ? Etait-ce une interruption provisoire ou bien un arrêt définitif ?

En l'absence d'explications officielles, les rumeurs les plus folles circulaient dans les médias et sur les réseaux sociaux ... certains évoquaient la "main de Dieu", tandis que d'autres allaient jusqu'à dénoncer une attaque des extraterrestres ! Les tenants de cette dernière hypothèse appuyaient leur argumentaire en rappelant que certains animaux du Conservatoire universel des espèces avaient été enlevés dans le plus grand mystère, là aussi, sans que des éclaircissements ne soient apportés par les autorités.

Le papyrus de Djoser

Aucune infirmation ne vint pourtant démentir ces ragots ni même aucun communiqué officiel ne fut publié pour dissuader les foules de croire en ces thèses qualifiées de « fantaisistes » par les ministres ou chefs d'état interrogés.

XXIII – LE VAISSEAU SPATIAL

Cette nuit-là, le commandeur fut réveillé par l'un des « voltaires » qui était de garde et qui lui apporta un visiophone :

— Le Premier ministre … dit simplement le jeune homme en tendant l'appareil vers Fox.

Celui-ci prit le "Visio" en main et vit immédiatement à son visage que Vince Taylor allait lui annoncer une bonne nouvelle.

— Je vous écoute monsieur, dit Fox.

— Veuillez m'excuser pour cet appel nocturne, Fox, déclara Taylor, mais je pensais que vous seriez heureux d'apprendre au plus vite la nouvelle qui m'est parvenue à l'instant depuis l'observatoire du Cerro Paranal …

— Pas de souci, répliqua le commandeur, je suis impatient de savoir de quoi il s'agit …

— Donovan Matthews m'a informé de la découverte d'un corps exogène à notre système solaire qui pourrait bien être la cause de l'altération du champ gravitationnel qui dévie ces foutus cailloux sur nous …

— Yes ! s'exclama Fox en montrant un V avec ses doigts, en signe de victoire.

— De par sa taille, il pourrait bien s'agir d'un vaisseau spatial en orbite stationnaire autour de la Lune, continua le Premier ministre. L'emplacement choisi est derrière la Lune, sur la face cachée qui est très difficile à explorer …

— Cela semble logique, remarqua Fox.

Le papyrus de Djoser

— Eh bien, vous êtes extraordinaire monsieur Fox, s'étonna Taylor, on vous annonce l'existence d'un vaisseau, sans doute extraterrestre, caché derrière la Lune, et vous, tout ce que vous trouvez à dire c'est : « ça semble logique » …

— Et que voulez-vous que je dise, éclata de rire le commandeur, si j'avais comme mission de bombarder la Terre, je commencerais par prendre soin de bien me cacher ! non ? pas vous ?

— Je ne sais pas, répondit le Premier ministre, mais ma première réaction a été la stupéfaction d'apprendre que non seulement les extraterrestres existent, mais qu'ils sont là … à nos portes … en train de nous attaquer et de nous détruire !

— Vous prenez enfin vraiment conscience que mes propos étaient fondés n'est-ce pas ? dit Fox sur un ton railleur, mais, pour ma part, je ne suis pas surpris car cela fait très longtemps que j'ai intégré le fait que nous étions en guerre avec eux !

— Oui, c'est exact ! reconnut Taylor, il va falloir m'habituer aussi à cette réalité. Que pensez-vous qu'il faille faire à présent monsieur Fox ?

— Le plan me paraît simple ! rétorqua aussitôt le commandeur. Trouvez-moi l'équipement nécessaire et nous allons, mon équipe et moi, leur rendre une petite visite.

— Quoi ? demanda le Premier ministre, vous comptez les attaquer ?

— Bah oui ! répondit négligemment Fox, il n'y a rien d'autre à faire lorsqu'on est en guerre non ? je suis venu pour cela, me battre contre ces monstres, je ne vais pas rater cette occasion !

— Mais, enfin … dit Taylor, vous pensez avoir une chance contre une civilisation dont on ignore les forces ?

— On ignore leurs forces, cela est vrai monsieur le Premier ministre, répliqua le commandeur, mais si vous avez un autre moyen pour les évaluer, je veux bien l'entendre.

Le papyrus de Djoser

— Non, je n'en ai pas ! avoua Taylor. Et je dois reconnaître qu'il y a chez vous une certaine cohérence qui me plaît bien Fox ! mais en terme de chances de réussite, à combien les estimez-vous ?

— Avec l'effet de surprise on peut réussir ! affirma simplement le commandeur avec un sourire.

— Ok, dit le Premier ministre, vous aurez le matériel dont vous avez besoin quand vous le voudrez ! bonne fin de nuit et à bientôt !

— Merci Vince, dit simplement Fox, et bonne nuit également.

Le papyrus de Djoser

Lorsque la navette spatiale entra dans l'espace de la face cachée lunaire et arriva à localiser le vaisseau ennemi, ce fut un moment de stupeur. La vision qui s'offrait au commandeur Fox et à son équipage était très impressionnante, car ils découvrirent alors un bâtiment d'une taille qu'ils n'avaient pas du tout imaginée, un véhicule de trois cent mètres de diamètre environ. L'engin était d'aspect arrondi, avec une partie haute en forme de coupole sur laquelle on pouvait distinguer comme des ouvertures ou des hublots et une partie basse circulaire où brillaient de multiples lumières. Il était d'une apparence somme toute très conventionnelle, tout à fait comme les films de science-fiction représentaient les vaisseaux extraterrestres ou bien comme les revues spécialisées décrivaient les OVNI.

En revanche, la navette spatiale terrestre était de petite taille, au point que Fox n'avait réussi à embarquer qu'une dizaine de ses hommes seulement et le reste de la troupe se trouvait dans un second appareil sur la Lune, prêt à intervenir. A côté de lui, se tenait Tom Farrell, le chargé de la Sureté Nationale auprès du Premier ministre britannique, qui avait fortement insisté pour faire partie de l'expédition, sans doute pour être, à la demande du Premier ministre, "l'œil de Taylor".

Ils restèrent ainsi près d'une heure, à l'arrêt, observant l'engin et guettant une réaction de ses occupants, mais il n'y eut aucune manifestation en provenance de l'astronef.

— Bon, finit par déclarer Fox, je crois que le mieux est d'aller voir de plus près.

— Comment comptez-vous vous y prendre ? demanda Farrell.

— Qu'il soit terrestre ou extraterrestre, répondit le commandeur, je suis persuadé qu'il y a une possibilité d'ouverture extérieure du vaisseau. Imaginez que, pour une raison ou pour une autre, vous vous trouviez dans l'espace à l'extérieur et que vous ayez besoin d'entrer dans le bâtiment, alors que personne ne peut vous ouvrir, comment faire ?

Tom Farrell fit un geste pour indiquer clairement qu'il n'avait aucune idée de la réponse à la question de Fox.

Le papyrus de Djoser

> — Eh bien, dit Fox, il y a certainement un moyen d'ouvrir l'engin de l'extérieur, il suffit de le trouver … Raphaël, tu prends deux hommes avec toi et tu essayes de mettre le doigt sur ce qui te semblera être une opportunité d'entrer … lorsque tu l'auras trouvé, tu nous envoies un signal lumineux.

> — Ok, commandeur, répondit le dénommé Raphaël, le lieutenant de Fox.

Raphaël désigna deux autres « voltaires » et ils commencèrent à revêtir en silence leurs scaphandres de sortie dans l'espace. Lorsqu'ils furent prêts, ils entrèrent dans le sas de sortie, et quelques secondes plus tard ils s'élancèrent dans le vide en direction du spationef, propulsés par des réacteurs individuels qui étaient disposés dans leur dos.

Au début, l'équipage pouvait suivre leur lente progression, puis, leurs silhouettes ne furent plus que d'infimes points perdus dans l'espace et quelques instants plus tard ils étaient trop éloignés pour être visibles. L'attente devait durer encore plus d'une heure avant qu'un faible signal ne soit détecté à proximité du vaisseau.

> — Ça y est ! dit le commandeur, ils ont trouvé, allons-y !

Le pilote de la navette spatiale actionna les commandes pour se diriger en direction de l'engin extraterrestre et quelques minutes plus tard seulement ils étaient tout proches de l'immense navire de l'espace. Vu d'aussi près, la navette n'était qu'une minuscule embarcation à côté de la colossale structure de l'astronef. Il n'y avait toujours pas de réaction de la part des "aliens" et Fox ordonna par gestes de s'approcher de l'engin autant que possible. Ils évitaient de parler de peur que les bruits ne donnent l'alerte, mais tout l'équipage savait que le vaisseau extraterrestre avait dû déjà détecter la navette depuis longtemps …

Fox et le reste de ses hommes avaient revêtu des tenues de survie dans l'espace et se tenaient prêts à sortir de la navette et envahir le vaisseau spatial. Seuls, Tom Farrell et un voltaire demeuraient à l'intérieur de l'engin terrestre. La charge explosive placée par Raphaël sur la coque du navire spatial fit sauter l'ouverture externe du sas et une porte s'ouvrit devant eux. Aussitôt, le commandeur et le reste des voltaires se précipitèrent pour s'engouffrer dans l'ouverture béante du sas, à la suite de Raphaël.

Une fois à l'intérieur du sas, ils s'approchèrent de la seconde porte, celle qui permettait l'entrée dans le vaisseau proprement dit, et celle-ci s'ouvrit en détectant leur présence. Un fusil d'assaut laser entre les mains, l'ensemble des soldats du commando s'empressa de prendre possession des lieux. La porte du sas se referma sans bruit derrière eux.

A cet instant, le commandeur ordonna, à voix basse, à la seconde navette de se mettre en mouvement avec le reste de ses hommes. Ils avaient pour mission de contourner le vaisseau et de trouver un point d'entrée similaire et symétrique à celui qu'ils venaient d'utiliser, dans le but de prendre en tenaille les occupants du navire.

Un couloir immense se présentait devant le commando, comme une allée qui semblait traverser l'engin de part en part et toujours pas le moindre signe de la présence des extraterrestres. Par geste, Fox encouragea ses hommes à investir le couloir principal qui desservait d'autres couloirs, disposés en angle droit, dans toutes les directions. Il s'agissait en fait d'un véritable labyrinthe sur plusieurs niveaux qui conduisait aux différentes parties du vaisseau.

A l'intérieur de l'astronef, Fox et son commando ressentirent très nettement les effets d'un champ de pesanteur qui créait une attraction, certes moins importante que la gravitation terrestre, mais la sensation était agréable. En revanche, étant dans l'impossibilité de connaître la composition de l'atmosphère, ils conservèrent leurs combinaisons de survie.

Arrivés environ à la moitié de la distance du couloir, près du centre, se trouvaient des marches qui conduisaient aux étages supérieurs ainsi qu'aux étages inférieurs. Toujours sans un bruit et sans un mot, Fox fit signe à son équipe de se séparer et il prit la direction des escaliers grimpants avec quatre soldats, les autres, sous le commandement de Raphaël, poursuivirent leurs investigations de l'allée centrale. Après avoir grimpé les nombreuses marches de l'escalier, Fox et son groupe

Le papyrus de Djoser

débouchèrent à l'étage qui semblait être celui qui abritait les dispositifs de commande et de contrôle du vaisseau. En effet, plusieurs salles comportaient des appareils dont ils ignoraient l'utilité précise, mais qui, manifestement, ressemblaient à d'instruments d'aide à la navigation.

Alertés par des bruits en provenance d'une pièce voisine, ils s'avancèrent avec précaution et adoptèrent la position de l'approche sécuritaire qui leur était enseignée dans l'école militaire du Centre d'Exploration du Temps. Fox fut le premier à parvenir aux abords de l'entrée d'où venaient les bruits, et d'un mouvement prompt, il se propulsa à l'intérieur de la salle, le corps penché et l'arme pointée droit devant lui, prêt à faire feu. La surprise fut de taille lorsqu'ils découvrirent deux singes, debout sur une table, en train de taper furieusement sur le meuble avec des objets d'origine inconnue. Complètement surpris par le spectacle, Fox et ses hommes mirent un court instant avant de déceler la présence, dans le fond de la pièce, d'un magnifique lion de l'Atlas qui lorgnait en direction des primates.

Aussitôt, le commandeur sortit son "Relais Spatio-Temporel" et neutralisa sans bruit le carnivore d'un tir qui l'endormit aussitôt. Les singes, tout à coup rassurés, cessèrent leur tapage et se concentrèrent, peu effarouchés, sur les nouveaux arrivants. Le commando poursuivit son exploration de l'étage, pièce après pièce, dans le but de mettre la main sur ces fameux aliens qui, décidément, ne semblaient pas pressés d'en découdre avec eux.

Plus loin, dans une autre salle, ils rencontrèrent un chat, puis un bélier, mais toujours pas d'extraterrestre. Fox réalisa tout à coup que si les animaux se portaient bien dans l'atmosphère du navire, c'était sans doute qu'elle était respirable. Pour tester, il enleva son casque de survie, sous l'œil ahuri de ses hommes, et il put constater que c'était bien le cas. Les autres « voltaires » firent alors de même et ils purent respirer une atmosphère comparable à celle sur terre.

Les salles de commandes de l'appareil contenaient des équipements dont l'usage leur était totalement inconnu. Fox pensa que l'humanité pouvait saisir là une opportunité d'apprendre de nouveaux savoirs et de faire un bond dans la connaissance fondamentale comme jamais

Le papyrus de Djoser

pareille occasion ne s'était présentée. L'étude de ces technologies prendrait du temps mais la moisson avait beaucoup de chances d'être fabuleuse, et si, en conclusion de cette aventure, le vaisseau livrait le secret de la navigation spatiale antigravitationnelle alors que la Terre était au bord du gouffre, cela serait véritablement inespéré !

A cet instant, Fox entendit clairement la voix de Raphaël déclarer dans son oreillette :

— Commandeur, nous sommes au contact ! dit-il à voix basse mais bien audible, second sous-sol, partie nord !

Ce qui, en termes militaires, signifiait que les hostilités avaient commencé, sans doute avec les occupants du vaisseau, enfin !

Le papyrus de Djoser

Quelques instants plus tard, Fox et ses hommes avaient rejoint le second sous-sol, en se déplaçant avec précaution pour éviter à la fois d'être attaqués par surprise ou bien de se méprendre et tirer inopinément sur leurs compagnons. Ils débouchèrent sur une salle immense au centre de laquelle se trouvait un grand escalier desservant apparemment les étages inférieurs. Ils furent accueillis par un feu nourri en provenance des marches de l'escalier qui dissimulaient des aliens. L'un des quatre « voltaires », accompagnant le commandeur, s'écroula au sol, visiblement touché par une arme dont ils ne purent deviner l'origine.

> — A l'abri ! hurla Fox dans son microphone tout en amorçant un mouvement de repli. En arrière !

Fox avait pu attraper son compagnon blessé par un bras et l'avait emmené avec lui derrière la porte par laquelle ils étaient arrivés. Ses hommes avaient ouvert le feu en direction des occupants avec leur fusil laser d'assaut, mais leurs armes étaient inefficaces car les tirs étaient déviés par un mur protecteur invisible. On pouvait nettement discerner la trajectoire des rayons laser dans la pénombre de la pièce et voir qu'ils ricochaient sur un bouclier dont ils ignoraient la nature.

Fox essaya de déceler l'emplacement de la blessure de son soldat toujours inconscient, mais il ne trouva rien qui puisse ressembler à une altération physique. L'homme semblait avoir été frappé par une arme étrange qui l'avait paralysé ou endormi, mais le blessé avait survécu car on pouvait le voir respirer, les yeux fermés et allongé inerte sur le sol.

> — Un homme à terre, informa Fox dans son micro à l'adresse de ses autres compagnons, il faut l'évacuer le plus vite possible !

Les envahisseurs semblaient tenir solidement cette position, mais ils restaient dissimulés et il était impossible de déterminer leur nombre.

> — Commandeur à Raphaël, dit Fox, où êtes-vous ? à vous !

> — Juste en face de vous, commandeur, tout près d'une porte symétrique à la vôtre, répondit le lieutenant. Nous venons de

vous apercevoir et nous sommes aussi bloqués par cette résistance ennemie. A vous !

— Des pertes ? interrogea Fox.

— Non commandeur, fort heureusement et par chance, répondit son lieutenant.

— Y a-t-il un moyen de rejoindre l'étage inférieur ? à vous ! demanda Fox.

— Oui, nous le supposons, répondit Raphaël. A vous !

— Bien, déclara le commandeur, il faut signaler à la seconde équipe, qui a dû pénétrer dans le bâtiment, où se trouve la poche de résistance et leur demander de prendre ces foutus aliens en tenaille par l'étage inférieur. Il faut rester prudent puisque nous n'avons aucune idée de la nature de leur armement. Alors le mieux est qu'ils utilisent notre explosif ultra-puissant et qu'ils envoient ces maudites bestioles en enfer ! à vous !

— Bien compris commandeur, répliqua le lieutenant. Je me charge de la liaison ! à vous !

— Signalez aux équipes sanitaires que nous avons un gars sur le carreau, poursuivit Fox, il faut l'évacuer au plus tôt. Terminé !

Durant près de vingt minutes, ce fut le silence complet. Fox et ses hommes étaient tapis dans un coin de la salle et scrutaient dans l'obscurité les éventuels mouvements des aliens en espérant recevoir des renforts sous peu. Puis, soudain, il y eut une forte explosion devant eux, qui secoua toute la structure du navire et aussitôt une multitude de sirènes et d'alarmes se mirent à mugir dans un vacarme assourdissant. Ils entendirent ensuite, malgré le bruit, les nombreuses détonations pendant l'assaut donné par les « voltaires » sur le retranchement des occupants du vaisseau retranchés dans l'escalier.

Fox se leva et, son fusil d'assaut d'une main et une grenade offensive de l'autre, se mit à courir en direction de l'escalier occupé par les aliens.

Le papyrus de Djoser

— Allez ! on y va les gars ! lança-t-il dans son micro, pour signifier à toute sa troupe qu'il était temps de passer à l'offensive. Attention, grenades offensives dans 15 secondes !

Tandis que ses hommes le suivaient, il aperçut le groupe de Raphaël venir également depuis l'autre direction et se diriger vers le même endroit. Arrivés à hauteur de l'escalier, plusieurs grenades offensives furent lâchées sur ce qui était le repère des aliens. La déflagration des grenades fit un bruit énorme qui se rajouta au bruit ambiant. Comme un seul homme, les soldats s'étaient jetés au sol pour se protéger des grenades. Mais, ils virent très vite que la première explosion avait déjà totalement détruit l'escalier à la place duquel il y avait un trou béant où tout avait été volatilisé en ne laissant aucune chance aux extraterrestres retranchés en ce lieu. Le troisième groupe, celui qui avait débarqué après coup dans le navire et qui avait fait sauter le nid de résistance, était en contrebas et levaient les bras en signe de victoire.

L'affrontement n'avait duré que deux minutes et il apprit avec peine que deux autres de ses hommes avaient été touchés dans le combat qui avait précédé l'ultime assaut, mais on ne pouvait pas encore donner un pronostic vital pour eux. Il put aussi constater que les secours étaient parvenus jusque-là et avaient investi l'astronef. Il s'agissait de médecins et d'infirmiers accompagnés par une équipe de combattants d'élite britanniques, arrivés depuis la lune, sous le commandement de Tom Farrell. Au grand soulagement de Fox, ces renforts allaient pouvoir assurer les arrières des « voltaires » ainsi que la logistique. Fox signala à Farrell qu'il y avait aussi les animaux à transférer et celui-ci, ébahi, ouvrit grands ses yeux.

Fox parvint à se faire entendre dans l'excitation générale et demanda le calme malgré le bruit des sirènes, puis il ordonna que l'on fouille le navire à la recherche d'éventuels autres aliens. Les équipes se scindèrent en quatre groupes pour se répartir la tâche et prirent des directions opposées pour explorer l'astronef.

Fox reprit la tête de l'un d'eux et repartit vers les étages supérieurs dans le bruit strident ambiant toujours aussi angoissant. Ils fouillèrent minutieusement cette partie du navire sans rencontrer d'ennemis. Fox

Le papyrus de Djoser

remarqua qu'il n'existait aucune représentation picturale exposée sur les murs et qu'aucune fresque n'était visible.

Il eut confirmation que ces étages étaient consacrés au pilotage du vaisseau étant donné la nature des équipements. Il en conclut donc que les étages inférieurs devaient contenir la cargaison.

Et c'est à ce moment prédis que la voix de Raphaël résonna dans son oreille :

— Commandeur, disait-il, vous devriez venir voir ça ! troisième sous-sol, partie nord …

— Ok, j'arrive, répondit Fox en faisant signe à ses hommes de le suivre.

Quelques instants plus tard ils rejoignaient le groupe de Raphaël au troisième sous-sol. Un soldat lui indiqua la direction d'une salle immense dans laquelle il faisait assez froid. Le spectacle qu'il vit le cloua sur place. Des milliers de cadavres humains étaient conservés dans ce frigo énorme, pendus par les pieds, et emballés dans des sacs transparents. Des hommes, des femmes et même des enfants, de tous âges, de toutes races et de toutes origines. C'était d'une telle atrocité que Fox faillit perdre son sang-froid et ressortit précipitamment de la pièce, puis il jeta son fusil laser au sol dans un geste de désespoir.

Sans un mot, les dents serrées, il fit un geste à ses hommes de poursuivre l'exploration du navire avec l'espoir de retrouver des aliens. Mais ils ne virent aucun autre extraterrestre dans le bâtiment. En revanche, la cargaison était riche de produits en provenance de mondes inconnus, des plantes exotiques, des fleurs de toutes tailles, de toutes couleurs, qu'ils ne connaissaient pas et même des arbres gigantesques. Tout cela était entreposé dans de grandes salles qui semblaient avoir été adaptées et aménagées pour chacune des prises réalisées par les aliens.

Certaines d'entre elles contenaient des objets que Fox n'avait jamais vus et dont il ignorait l'usage. C'était comme une caverne d'Ali Baba, avec une diversité incroyable de produits et de denrées provenant de mondes inconnus. Fox et ses hommes fouillèrent ainsi plusieurs étages

Le papyrus de Djoser

sans rencontrer d'autres ennemis et les autres groupes n'eurent pas, non plus, l'occasion de dénicher de nouveaux aliens.

Pendant ce temps, les secours avaient réussi à dégager les soldats touchés lors de l'attaque, ainsi que tous les animaux, non sans mal d'ailleurs car il fallut courir après certains d'entre eux dans les coursives du navire.

Tout à coup, les hommes autour de Fox se regardèrent surpris, car, imperceptiblement mais assurément, le sol venait de bouger.

— Le vaisseau est en train de se déplacer ! cria le commandeur. Alerte maximum, tout le monde évacue le navire !

Le papyrus de Djoser

Le Premier ministre de sa Majesté britannique avait insisté pour que Fox, accompagné cette fois de Perry, et non l'inverse, vienne à Londres pour rendre compte de l'opération sur le vaisseau spatial. Tom Farrell, le chargé de la Sureté Nationale auprès du Premier ministre, était déjà présent dans le bureau de Taylor. Les hommes se saluèrent après que Taylor ait invité les visiteurs à entrer :

— Entrez commandeur, entre John ! dit le Premier ministre en les accueillant, et asseyez-vous.

Fox nota que, pour la première fois, Taylor l'avait appelé par son grade, "commandeur", et il pensa qu'il s'agissait là d'une volonté de reconnaître ce qu'il venait de faire.

— Monsieur Fox, dit Taylor, bravo et félicitations pour votre intervention et celle de vos hommes ! j'avoue que j'avais de gros doutes concernant la réussite de votre initiative. Affronter directement des ennemis venant d'un autre monde, quel courage !

— Merci monsieur le Premier ministre, c'est trop d'éloges, déclara Fox.

— Mais pas du tout ! renchérit le Premier ministre, Tom m'a tout raconté et il vous a fallu sacrément du cran pour entrer dans le navire et aller défier une civilisation extraterrestre !

— Oui, répondit le commandeur, cela a été un moment difficile avec une perte de trois hommes …

— Ils sont dans quel état ? demanda Taylor.

— Eh bien, dit Fox d'un ton grave, l'un d'entre eux est décédé des suites de sa blessure et les deux autres sont gravement atteints, on ne sait pas encore s'ils vont s'en sortir …

— Ces … extraterrestres, interrogea le Premier ministre, étaient-ils nombreux ?

— Non, répliqua le commandeur, à peine une dizaine en tout dans le bâtiment. Nous avons relevé des traces au sol qui laissent à penser que le vaisseau était habité par quelques envahisseurs seulement, car, vous le savez sans doute, les extraterrestres se liquéfient instantanément lorsqu'ils décèdent. Nous n'avons pas très bien compris cependant pourquoi nous avons pu pénétrer dans le vaisseau sans aucune difficulté alors que tout laisse supposer qu'il était facile de nous repérer …

— … selon la théorie de mon adjoint, Raphaël, poursuivit-il, les singes auraient réussi à ouvrir la porte de leur cage et ensuite celle des lions et des autres animaux sauvages. Il prétend que les extraterrestres situés aux étages supérieurs auraient été surpris par un lion, un taureau ou bien un crocodile et qu'ils ont été attaqués et ont succombé bêtement, si je puis dire. Par chance, c'est à ce moment-là que sommes arrivés, et cela explique pourquoi la seule résistance que nous ayons rencontrée était celle d'aliens positionnés dans les étages inférieurs, c'est, pour moi, la seule hypothèse plausible …

— Cela paraît incroyable ! s'exclama Taylor, ces individus traversent la galaxie pour nous faire la guerre et ne sont pas capables de résister à quelques animaux sauvages ?

— Oui, c'est une hypothèse qui peut paraître curieuse, convint Fox. Mais j'ai remarqué une chose, lorsque nous avons pénétré dans l'astronef, nous avons ressenti un champ de pesanteur assez faible comparativement à celui de la Terre. J'en déduis, peut-être à tort, que sur leur planète la gravité est réduite et qu'ils doivent avoir du mal à se mouvoir chez nous parce que la pesanteur doit être bien trop élevée pour se sentir à l'aise. A l'inverse, lâchez des animaux sauvages dans une atmosphère où ils sont plus légers que sur Terre, ils vont avoir des capacités physiques bien supérieures à celles qu'ils ont habituellement, et comme sur Terre ils sont déjà bien plus agiles et rapides que nous …

— Ce que vous dites est sans doute vrai, reconnut Taylor, mais on peut difficilement imaginer une civilisation aussi avancée technologiquement sans qu'elle puisse disposer d'armes qui rivalisent au moins avec les nôtres.

Le papyrus de Djoser

— Oui, concéda Fox, cependant, lorsque vous êtes tranquille, dans votre vaisseau, vous n'imaginez pas être en danger et vous ne disposez pas forcément d'une arme proche de vous et vous pouvez être surpris. Mais cette idée est d'autant plus plausible qu'à mon avis, cette civilisation est plutôt celle du calcul diabolique plutôt que celle de l'affrontement physique ...

— Qu'est-ce qui vous fait dire ça ? demanda le Premier ministre.

— Eh bien, répondit le commandeur, j'ai en mémoire les films de science-fiction qui décrivent l'envahissement de la Terre par les extraterrestres et où l'on voit toujours que les vaisseaux ennemis bombardent les constructions terriennes avec leurs terribles armes destructrices. Or, ceux-ci ont préféré utiliser la ruse plutôt que la puissance technologique pour nous détruire, comme s'ils excellaient davantage dans la déstabilisation psychologique que dans la force pure ...

— ... on peut aussi penser qu'une telle civilisation dispose des armes qui lui sont familières et dont elle a réellement besoin, poursuivit Fox. Nous avons fabriqué les armes dont nous disposons parce que nous en avons ressenti la nécessité, ce qui n'est peut-être pas le cas de ces envahisseurs.

— Oui, peut-être, dit Taylor, visiblement pas très convaincu. Donc, l'enlèvement des animaux du conservatoire des espèces, c'était eux ! pourquoi avoir agi de la sorte ?

— Cela faisait partie de leur plan de déstabilisation, répondit le commandeur. Il s'agissait de démontrer aux populations terrestres qu'après avoir échoué dans la recherche du « *secret divin* », les scientifiques et les gouvernants étaient incapables de restaurer la confiance et l'espoir. Alors, cet enlèvement est arrivé à point nommé pour illustrer cette spirale d'échecs, et comme cela est survenu juste avant la pluie de météorites, cela a contribué fortement à discréditer les autorités de la planète.

— Et vos hommes ont fait une macabre découverte n'est-ce pas ? constat Taylor.

Le papyrus de Djoser

— Oui monsieur, répondit Fox la voix soudain grave. Ils ont découvert en effet un charnier humain, estimé à environ dix milles corps, stockés dans une chambre froide … cela en dit long sur les intentions de ces monstres !

— Et que s'est-il passé réellement dans le vaisseau lorsque celui-ci s'est mis à bouger ? demanda le Premier ministre. Tom n'était pas dedans, vous y étiez …

— Oui, dit Fox, j'y étais … après notre attaque qui a déclenché toutes les alarmes de sécurité, l'astronef était privé d'équipage et personne ne le pilotait plus. Cependant, j'imagine qu'une telle machine dispose de tous les algorithmes pour prendre des décisions dans de telles circonstances. L'engin spatial a décelé que des intrus avaient investi le bâtiment et il a appliqué des consignes sans doute automatiques dans ce cas, à savoir, la destruction, pour éviter de tomber entre des mains ennemies, les nôtres en l'occurrence ! nous n'avons eu que le temps de l'évacuer ainsi que les animaux, mais pas les cadavres des humains.

— Et qu'est-il advenu du vaisseau ? questionna Taylor.

— Le vaisseau a lentement mais sûrement dérivé de plus en plus vite en direction du soleil, répliqua le commandeur, pour s'autodétruire.

— C'est bien dommage ! observa le Premier ministre. On peut rêver à la somme de connaissances que renfermait ce bâtiment !

— Oui, c'est sans aucun doute, confirma Fox, d'autant que le vaisseau contenait une instrumentation avec une technologie que nous ne connaissons pas et les soutes étaient pleines de cargaisons provenant d'autres planètes que la Terre, des plantes inconnues et toutes sortes de trésors dont nous ignorons même l'existence. C'était une chance inouïe ! mais nous sommes passés à côté ! …

— … les moteurs du navire étaient probablement à propulsion gravitationnelle, ou bien à fission nucléaire, poursuivit-il, des

Le papyrus de Djoser

technologies que nous sommes loin de maîtriser, et dont nous aurons besoin lorsque nous voudrons explorer les galaxies. Cela aurait pu nous faire faire un bond phénoménal dans la connaissance ! mais voilà, c'est ainsi, malheureusement le vaisseau est allé s'écraser sur le soleil.

— Cela n'était sans doute pas encore le moment pour nous, remarqua Taylor … mais la bonne nouvelle c'est tout de même que le champ gravitationnel qui attirait les cailloux sur notre pauvre Terre a disparu avec le vaisseau !

Le commandeur eut un sourire de satisfaction avec le sentiment qu'il avait accompli sa mission.

— Nous avons tout de même réussi à ramener cette vidéo, déclara-t-il en posant une petite pochette sur la table. C'est pour vous monsieur le Premier ministre …

Vince Taylor prit la pochette, l'ouvrit et enficha le support magnétique qu'elle contenait dans un ordinateur. Un écran holographique projeta des images qui montraient la navette terrienne à l'approche de l'énorme vaisseau spatial des extraterrestres. On pouvait voir en détail la structure de l'astronef et surtout la différence de taille entre les deux navires de l'espace.

Puis, la vidéo filmait l'intérieur du vaisseau et les nombreux appareils dont disposaient les aliens dans plusieurs salles qui semblaient constituer le poste de pilotage. Il leur était impossible d'identifier ces instruments et leur usage restait mystérieux. La caméra s'attardait sur des documents abandonnés sur une table qui dévoilaient des inscriptions totalement inconnues et soudain John Perry s'écria :

— Stop ! je crois avoir déjà vu des signes qui me rappellent quelque chose !

Taylor mis l'image sur arrêt et après un court moment de pause, Perry confirma :

— Ces inscriptions ressemblent étrangement aux pictogrammes trouvés par le professeur Spielberg et son équipe dans l'ADN des animaux, dit-il.

Le papyrus de Djoser

— Es-tu certain John ? demanda le Premier ministre.

— Oui, répondit Perry, ce sont des symboles très caractéristiques.

— C'est intéressant, ajouta Taylor, peut-être cela intéressera-t-il les cryptologues qui se sont cassé les dents sur le décodage du fameux message divin ...

— Oui, pourquoi pas ! confirma Fox.

La poursuite du visionnage des images leur permit de visiter les soutes du bâtiment et de découvrir la cargaison incroyable entreposée dans le navire. Ils purent aussi apercevoir furtivement la salle qui renfermait les corps des humains pendus par les pieds dans des sacs transparents. La vidéo se terminait là-dessus, et il y eut un court instant de silence, comme une sorte de recueillement.

— Alors ça y est ! s'exclama soudain le Premier ministre, vous allez pouvoir repartir chez vous avec votre équipe, votre mission s'achève là, je me trompe commandeur ?

— Ma mission n'est pas tout à fait terminée, monsieur le Premier ministre, répondit Fox. Certes la menace du vaisseau est écartée et avec lui la pluie de cailloux, mais il reste encore des extraterrestres sur Terre et je me dois de les éradiquer avant de partir !

— Vous pensez qu'il reste de ces monstres parmi nous ? demanda Taylor le visage soudain devenu livide.

— Oui, bien entendu, confirma le commandeur. Ils doivent rechercher le moyen de fuir la Terre car ils ont compris que leur plan n'avait pas fonctionné et qu'ils étaient désormais en grand danger.

— Par quel moyen peuvent-ils fuir notre planète maintenant que leur vaisseau a été détruit ? demanda le Premier ministre intrigué.

— La pyramide, dit Fox, la pyramide de Djoser, elle doit cacher une "porte sur l'espace", celle avec laquelle ils ont envahi la Terre la première fois qu'ils ont débarqué ici !

Le papyrus de Djoser

— La pyramide de Djoser ? vous êtes sûr ? questionna Taylor.

— C'est en tout cas là que j'ai posté la plupart de mes hommes, dit simplement le commandeur, j'ai tout misé là-dessus. Ils vont guetter les mouvements en direction de la pyramide et contrôler ceux qui entrent et ceux qui sortent. Mais j'ai plutôt le sentiment que la tendance va être d'y entrer pour échapper à notre châtiment !

— Qu'est-ce donc une "porte sur l'espace" ? s'enquit le Premier ministre.

— Monsieur, répliqua Fox, je ne suis pas un scientifique, mais un soldat, et mes connaissances sur le sujet sont limitées. Le peu que je sache c'est qu'il s'agirait d'une distorsion de l'espace spatiotemporel, créant un "trou", qui permet de relier deux points de la galaxie directement, comme par un raccourci, mais ne m'en demandez pas plus, c'est tout ce que j'ai retenu de mes diverses lectures.

— Vous me tiendrez au courant, commandeur, des résultats de votre expédition dans la pyramide ? demanda le Premier ministre avec un espoir dans le regard.

— Ce que Premier ministre veut, dieu le veut, répondit simplement Fox avec un grand sourire. Bien sûr monsieur que vous serez tenu au courant, et j'espère même que nous pourrons en capturer un vivant …

— Vous avez fait un sacré boulot commandeur ! reconnut Taylor.

— Tom, continua-t-il en se tournant vers Farrell, veillez à ce que le commandeur Fox et ses hommes soient décorés de la plus haute distinction britannique !

— Bien monsieur, dit Farrell.

— N'en faites rien, monsieur Farrell, intervint le commandeur en se levant pour se diriger vers la porte de sortie. Je ne souhaite pas apparaître au premier plan d'une quelconque manifestation et encore moins d'une télévision. La discrétion est une règle absolue pour nous, un gage de sécurité. Une fois notre travail terminé, nous repartirons sans tambour ni trompette … nous ne voulons rien … surtout pas ! et d'ailleurs je pense que moins il sera fait de publicité à cette affaire et mieux cela vaudra.

— Comme vous voudrez, commandeur, admit le Premier ministre en se levant pour raccompagner ses invités. Il sera fait selon vos désirs.

A cet instant, Fox sortit de son sac à dos une boîte métallique et la posa sur le bureau de Taylor. Celui-ci intrigué, demanda :

— Qu'est-ce que c'est ?

— Je n'en ai pas la moindre idée, répondit le commandeur avec un air intrigué. C'est la seule chose que j'ai pu ramener du vaisseau spatial, mais je ne sais pas à quoi cela peut bien servir ! je vous en fais cadeau !

Taylor s'approcha du bureau, ouvrit la boîte et sortit un objet qu'il posa sur la table afin que tout le monde puisse le voir. C'était une sphère de petite taille, posée sur un socle stable, transparente, dans laquelle on pouvait discerner six sphères, trois petites et trois plus grandes, tournant inlassablement autour d'une sphère centrale très brillante. L'une des trois petites sphères se singularisait par le fait qu'elle brillait d'un bleu azur.

Les quatre hommes restèrent bouche bée, fascinés, devant le spectacle se déroulant sous leur yeux et qui semblait représenter un système planétaire évoluant autour d'un astre solaire.

— Cela va vous occuper quelque temps, vous et vos scientifiques ! dit Fox avec un grand sourire en prenant congé de son hôte.

XXIV – La pyramide de Djoser

Bryan Roswell et Raphaël le « voltaire » avec trois de ses hommes, étaient tapis dans l'ombre d'une salle à l'intérieur de la pyramide de Djoser où il faisait frais malgré la canicule extérieure. Les autres "soldats du temps" étaient éparpillés entre les différents points d'accès à la pyramide. Il y avait trois portes d'entrée, et devant chacune d'elles, un soldat montait la garde avec pour mission de ne laisser entrer personne. Raphaël et sa garde, depuis la petite salle qu'il occupait avec le professeur, pouvait voir les trois entrées sur un écran de contrôle qui projetait les images de caméras de vidéosurveillance.

Grâce à Vince Taylor, les « voltaires » avaient obtenu des autorités égyptiennes que les activités touristiques soient suspendues le temps que l'opération soit menée à son terme. Durant plusieurs jours, ils avaient vainement cherché une salle pouvant abriter la fameuse "porte de l'espace" mais ils n'avaient rien trouvé.

Ils entendirent un bruit de conversation dans une salle voisine en même temps que l'image montrait un visiteur devant l'entrée. Raphaël, accompagné du professeur Roswell, se précipita en direction de l'une des portes de la pyramide. L'un des « voltaires » tenait en joue un individu qui tentait d'expliquer pourquoi il était entré et arrivé jusque-là. L'homme, au teint basané, de petite taille, paraissait bien embarrassé avec des explications hésitantes dans une langue qui semblait être l'arabe :

— Je suis un touriste, disait-il, je suis venu voir l'Egypte !

Le "soldat du temps" ne comprenait pas le langage de l'inconnu et expliqua à Raphaël qu'il avait surpris le personnage essayer d'ouvrir la porte d'entrée avec une clé.

— Qui êtes-vous ? demanda Roswell en arabe.

Le papyrus de Djoser

— Je suis un touriste et je viens visiter la pyramide, répondit l'individu.

— Mais aujourd'hui c'est fermé, précisa l'archéologue, vous n'avez pas vu les informations à l'entrée ?

— Non, je ne rien vu, affirma l'homme.

— Et cette clé que vous tenez dans les mains, d'où vient-elle ? questionna Raphaël qui maîtrisait également la langue arabe. Les touristes ne disposent pas de clé !

L'inconnu sembla soudain paniqué et il avait du mal à avaler sa salive.

— Levez les mains en l'air ! ordonna Raphaël, et donnez-moi cette clé.

L'homme n'obéit pas et se mit à reculer en direction de la porte d'entrée.

— Arrêtez, et levez les mains ! répéta Raphaël.

Mais l'individu continuait sa progression vers la porte et il fit un geste comme pour sortir un objet de sa veste. Le « voltaire » qui gardait l'entrée fit immédiatement feu avec son arme laser et l'inconnu s'écroula net, frappé par le rayon. A cet instant, sous les yeux médusés des extratemporels, le corps de l'étranger se décomposa pour devenir un liquide étrange qui se répandit sur la roche qui recouvrait le sol de la pyramide avant de partir en fumée. Sous les vêtements, seule une tâche subsistait à l'emplacement du corps.

Les trois hommes se regardèrent comme pour se persuader qu'ils n'avaient pas été victimes d'une hallucination.

— J'avais déjà entendu dire que les extraterrestres se liquéfiaient en mourant, mais je n'en avais jamais vu, dit Roswell. C'est impressionnant !

— Oui, dit Raphaël, ce que l'on vient de voir est sidérant ! donc, ces créatures peuvent ressembler à des humains et puis disparaître ainsi, sans laisser de corps solide, à peine une trace au sol !

Le papyrus de Djoser

Raphaël utilisa son visiophone pour informer Ely Fox de ce qui venait de se passer, puis il s'adressa par radio à l'ensemble des « voltaires » qui étaient en surveillance de la pyramide :

— Le commandeur nous rappelle qu'il faut essayer de les prendre vivants ! dit-il.

Quelques minutes plus tard, deux autres personnes s'approchaient de l'entrée. De loin, il semblait s'agir d'un couple de touristes occidentaux venus visiter le monument. Raphaël, d'un geste du menton, avisa la sentinelle qu'il fallait s'occuper d'eux, puis regagna l'intérieur pour rejoindre Roswell.

L'homme, de grande taille et avec un physique de sportif, s'approcha du soldat et demanda :

— Bonjour, est-il possible de visiter la pyramide ? dit-il en anglais.

— Non cela n'est pas possible, la pyramide est fermée aujourd'hui, répondit le « voltaire » en restant sur ses gardes.

— Et avec un guide, c'est possible ? insista le visiteur.

— Pas davantage, non, c'est fermé ! répéta le soldat.

L'homme s'avança vers le soldat avec une liasse de billets à la main :

— Et avec ça, c'est possible ? demanda-t-il en tendant l'argent.

— Restez où vous êtes ! ordonna le « voltaire », n'avancez pas !

L'homme arrêta sa progression, mais la femme, qui était restée en retrait à distance, sortit de son sac une arme laser et elle fit feu sur le soldat avant que celui-ci ne puisse esquisser le moindre geste. Touché en pleine poitrine, le « voltaire » s'écroula au sol, inconscient. Les deux "touristes" en profitèrent pour entrer prestement dans la première pièce et cherchèrent leur chemin pour se diriger vers le centre de la pyramide. En venant de l'extérieur où la luminosité était intense, on était aveuglé par la pénombre qui régnait dans la salle.

Raphaël, qui avait tout vu sur l'écran de contrôle, déboucha en même temps qu'eux dans la grande salle :

— Jetez immédiatement vos armes et mains sur la tête ! cria-t-il.

Le papyrus de Djoser

Mais les deux individus ne semblaient pas disposés à obéir, car, l'arme à la main, ils cherchaient de quel endroit précis venait cet ordre. La tenue de « voltaire » était sombre et dans l'obscurité il était difficile d'apercevoir sa silhouette.

> — Dernière sommation, hurla-t-il, lâchez vos armes et rendez-vous !

Mais au lieu d'obtempérer, les deux intrus ouvrirent un feu nourri dans la direction d'où venait la voix, en espérant toucher leur cible. Raphaël, qui était un soldat aguerri et un combattant expérimenté, avait pris soin de s'allonger sur le sol et, par réflexe, au jugé, il riposta par une rafale laser sur les ombres qui se déplaçaient dans l'obscurité. La trajectoire du rayon laser illumina la pièce en ricochant sur les murs, comme un feu d'artifice, et il put constater que les deux corps jonchaient le sol.

Un de ses soldats vint le rejoindre et ils s'approchèrent avec précaution des formes étendues parterre. Mais, comme pour l'individu précédent, ils virent seulement des traces gisant au sol et personne à l'intérieur des habits.

Puis, ils se dirigèrent vers l'entrée de la pyramide où le soldat chargé de garder l'entrée gisait toujours au sol, étourdi mais vivant. Fort heureusement, il reprit ses esprits quelques instants plus tard, sa combinaison anti-laser, capable d'absorber un faisceau de puissance moyenne, avait joué pleinement son rôle de protection. Raphaël appela néanmoins un véhicule d'urgence qui se trouvait à proximité, prêt à intervenir, et ils firent évacuer le soldat en direction d'un hôpital.

Ils ramassèrent en hâte les restes des deux intrus qu'ils rangèrent dans des housses spéciales prévues à cet effet dans le but de les analyser ultérieurement. Ils rangèrent leurs prises à côté de la housse qui contenait les objets récupérés sur le premier envahisseur.

Puis, Raphaël diffusa un message à l'attention des gardes postés aux entrées :

Le papyrus de Djoser

— Attention à tous, dit-il, soyez d'une extrême prudence, car il est à peu près certain que les gens que vous allez voir arriver sont tous des envahisseurs ! restez extrêmement vigilants !

Ensuite il appela le commandeur Fox pour lui rendre compte de la situation.

Le papyrus de Djoser

C'est à cet instant précis qu'une voix grésilla dans l'oreille de Raphaël :

— Lieutenant, pouvez-vous venir porte 3, s'il vous plaît ? j'ai devant moi quelqu'un qui insiste pour entrer.

— Ok, j'arrive tout de suite ! répondit Raphaël.

Roswell emboîta le pas de Raphaël en direction de la porte d'entrée principale numéro 3. Arrivés sur les lieux, ils virent deux "soldats du temps" qui tenaient en joue un homme de type égyptien, élégamment vêtu, une mallette à la main. Le professeur Roswell reconnut immédiatement le personnage :

— Monsieur El Ashanti ! mais que faites-vous ici monsieur le ministre ? demanda-t-il.

L'homme leva les yeux sur les nouveaux arrivants et reconnut, à son tour, l'archéologue, qu'il avait souvent eu l'occasion de croiser.

— Monsieur le professeur Roswell, répondit le ministre avec stupeur, vous ici ? alors que tout le monde vous croyait mort !

— Oui, dit Roswell, j'ai dû user d'un stratagème pour laisser croire que je n'étais plus de ce monde car ma vie était en danger. Et vous, que faites-vous donc ici ?

— Qui sont ces gardes étranges, demanda El Ashanti, ils ne comprennent même pas un mot d'arabe ! et que font-ils ici ? le savez-vous professeur ?

— Eh bien, je vous présente le lieutenant Raphaël, dit simplement Roswell en désignant Raphaël. Ils sont ici pour contrôler les personnes qui entrent dans la pyramide, malgré le panneau d'interdiction placé dans l'entrée.

— Lieutenant, interpella avec véhémence le ministre, veuillez dire à vos hommes de me laisser passer ! je suis le ministre de la culture de ce pays, et ces gens ne sont pas chez eux !

— Que faites-vous ici ? demanda doucement Raphaël.

— Comment ça ? répondit El Ashanti. Je suis ici chez moi, et les pyramides font partie de mon domaine ! je vous ordonne de me

Le papyrus de Djoser

laisser passer, sinon je vais devoir appeler ma garde personnelle !

— Mais faites-donc ! répliqua Raphaël, sur un ton toujours aussi aimable. Veuillez répondre à ma question, je vous prie, que faites-vous ici ?

— Je n'ai pas de compte à vous rendre ! s'emporta le ministre. Cette pyramide fait partie du patrimoine culturel de mon pays et je suis le ministre à la tête de ces lieux, alors je vais où bon me semble ! et vous qui êtes-vous ? professeur, pourriez-vous expliquer à ce sauvage à qui il a affaire ?

— Certainement, monsieur le ministre, mais je crois qu'il le sait déjà, répondit calmement Roswell en se tournant vers le soldat. Raphaël, savez-vous que monsieur El Ashanti est ministre de la culture de ce pays ?

— Inutile de me le rappeler professeur, dit Raphaël sans une émotion dans la voix, je suis au courant.

L'un des soldats arracha alors prestement la mallette que le ministre portait avec lui.

— Mais que faites-vous donc ? s'enquit le ministre furieux. Ne touchez pas cette valise, ce sont mes affaires privées, vous n'avez pas le droit ! je vais vous faire payer tout ça, croyez-moi !

— Qu'y a-t-il dans cette mallette ? questionna le lieutenant.

— Vous n'avez pas le droit ! se contenta de répéter El Ashanti.

Le garde essaya d'ouvrir la valisette, mais elle était fermée à clé et la serrure résistait aux tentatives d'intrusion.

— Veuillez garder les mains au-dessus de la tête ! ordonna Raphaël. Nous allons procéder à une fouille !

— Il n'en est pas question ! dit le ministre. Professeur Roswell, faites donc quelque chose !

— Désolé, mais je crois qu'il vaut mieux que vous fassiez ce qu'il vous dit, répondit Roswell.

Le papyrus de Djoser

— Quoi ? vous êtes de leur côté ? dit El Ashanti.

— Je crois surtout monsieur El Ashanti que vous êtes égyptien autant que moi je suis tibétain ! répliqua le professeur. Vous nous avez bien eu, en tout cas, vous étiez aux premières loges pour savoir ce qui se passait, n'est-ce pas ?

— Que voulez-vous dire ? s'étonna le ministre, je ne comprends pas les allusions que vous êtes en train de faire. Qui êtes-vous vous trois ? des voyous ? des intrus ? qui ?

— Et vous-même monsieur El Ashanti, qui êtes-vous ? répliqua Roswell. De quelle planète venez-vous ? à quelle civilisation appartenez-vous ? comment faites-vous pour apparaître ainsi sous la forme d'humanoïdes ? vous voyez que nous avons, nous aussi, beaucoup de questions à vous poser …

Raphaël se projeta promptement derrière le ministre et passa son bras autour de son cou et chercha à lui bloquer un bras pour tenter de l'immobiliser.

— Emparez-vous de lui, et maintenez-le en vie ! ordonna-t-il à ses hommes. Il nous faut le prendre vivant !

Les deux soldats essayèrent de maîtriser le ministre, mais celui-ci parvint à dégager un bras et glissa dans sa bouche un petit objet qu'il avala aussitôt.

— Empêchez-le d'avaler ! cria Raphaël, faites-le cracher !

Mais c'était trop tard, le corps du ministre se liquéfiait entre leurs doigts et il glissa parterre. Rapidement, de l'état liquide, il passa à l'état gazeux, ne laissant qu'une trace au sol à peine visible, sous ses vêtements vides.

— Dommage, regretta Raphaël, il ne parlera pas.

Le papyrus de Djoser

Fox et Perry prirent une nouvelle fois le chemin vers Londres, au 10 Downing Street, rendre visite au Premier ministre, Vince Taylor, et rendre compte de la fin de la mission. Ils furent heureux de constater que déjà, la capitale britannique avait retrouvé des couleurs et que les londoniens s'affairaient normalement tandis que la reconstruction de certains quartiers endommagés avait déjà débuté. Après cette époque difficile, la vie recommençait tout doucement à reprendre ses droits.

Taylor les accueillit visiblement moins anxieux et plus soulagé que lors de leurs dernières visites. Ils s'installèrent rapidement autour de la petite table de travail avec une tasse de thé en signe de bienvenue.

— Alors commandeur Fox, racontez-moi les dernières nouvelles de cette extraordinaire épopée, dit simplement le Premier ministre.

— Monsieur le Premier ministre, commença Fox, cette fois notre mission est terminée. Nous avons nettoyé la planète de ces abominables intrus, c'est presque sûr. Le ministre de la culture égyptien, un soi-disant monsieur Youssef El Ashanti, était sans doute leur chef, enfin si leur organisation sociale et militaire reconnait les liens hiérarchiques !

— Comment est-ce possible ? demanda Taylor. Comment l'une de ces créatures a-t-elle pu infiltrer un gouvernement ? c'est une chose inconcevable pour moi !

— Cela signifie peut-être qu'il y a des extraterrestres "dormants", expliqua Fox, c'est à dire implantés de longue date dans une époque et un lieu, pour ne pas attirer l'attention. Mais il y a une autre hypothèse qui me semble plus plausible …

— Et quelle est donc cette hypothèse commandeur ? questionna le Premier ministre.

— Eh bien, nous ne connaissons pas leur véritable aspect physique, mais ils ont sans aucun doute des qualités insoupçonnées pour se travestir, se déguiser, répondit le commandeur, et prendre l'apparence extérieure de quelqu'un d'autre, éventuellement après s'être débarrassé de lui. N'oublions pas qu'ils ont réussi à se faire passer pour des hommes-animaux et que la supercherie n'a pas été découverte par les anciens égyptiens.

— Ah bon ? s'interrogea Taylor. Vous allez jusqu'à imaginer cette chose-là … ça veut dire que personne ne peut être totalement exonéré de soupçons alors, y compris dans notre entourage proche ?

— Exactement, monsieur, confirma Fox avec un large sourire, tenez, par exemple, John, que vous considérez comme l'un de vos amis les plus proches …

— Mais bien sûr, plaisanta le Premier ministre, John peut tout à fait être soupçonné de cacher un monstre d'extraterrestre derrière sa personnalité complexe … tout comme vous d'ailleurs Fox ! … mais redevenons sérieux une minute commandeur, n'y a-t-il pas une manière de les détecter avec certitude ?

— Non, en tout cas nous n'avons pas réussi jusque-là à trouver un moyen, répondit le commandeur. Il faut être vigilant et ne jamais exclure cette possibilité. Cela nous aurait bien aidés de pouvoir les détecter à l'entrée de la pyramide. Finalement, nous avons éliminé là-bas sept créatures ! rien ne dit cependant qu'il n'en reste plus du tout sur Terre, mais si c'est le cas, je ne pense pas qu'ils soient bien dangereux à présent …

— Vous pensiez découvrir la "porte de l'espace" dans la pyramide, qu'en est-il exactement ? demanda Taylor.

— Eh bien, malheureusement monsieur, répliqua Fox, nous n'avons pas réussi à la localiser. Nous n'avons pas davantage pu capturer l'un d'entre eux vivant et même si cela avait été le cas, il n'aurait sans doute pas révélé l'emplacement de cette fameuse porte. Mais elle existe, c'est certain, sinon pourquoi autant de ces créatures auraient convergé vers la pyramide, si ce n'est pour fuir la Terre grâce à la "porte de l'espace" ?

— Où est-elle cachée alors ? questionna le Premier ministre.

— Nous avons tout fouillé, fit observer le commandeur. Nous avons trouvé, parmi les objets personnels des envahisseurs que nous avons abattus, que certains avaient des clés magnétiques pour ouvrir la porte d'entrée. Tous en revanche, portaient sur eux un même objet étrange, comme une coupole de cuivre massif sculptée, mais impossible de deviner à quoi pouvait bien servir cet ustensile …

— … le professeur Roswell et mes hommes ont à nouveau passé au peigne fin toutes les salles de la pyramide et ils n'ont rien décelé, précisa-t-il. Il doit tout de même exister un passage secret dans un endroit de la pyramide qui n'est pas apparent et qui mène à la porte …

— … mais si vous me permettez un conseil, monsieur le Premier ministre, poursuivit-il, c'est de murer complètement l'accès à la pyramide pour éviter, non seulement qu'ils s'enfuient par là, mais surtout, que d'autres créatures n'envahissent la Terre par cette entrée !

— Je crois, en effet, que vous avez raison commandeur, reconnut Taylor, la sagesse voudrait que l'on ferme totalement les issues de cette pyramide. La seule chose un peu difficile, c'est de le faire sans avoir à révéler au monde entier les véritables raisons. J'en parlerai aux autorités égyptiennes, j'ai d'excellentes relations avec leurs dirigeants. Mais, aujourd'hui, peu de monde est au courant de la réalité qui est derrière tous ces événements, et je pense qu'il est préférable que cela perdure comme cela le plus longtemps, possible !

— Je vous approuve totalement monsieur, assura Fox.

— Voilà en tout cas une affaire qui ne se termine pas trop mal, remarqua Perry, car cela aurait pu être bien pire ! n'est-ce pas messieurs ?

— Oui, dit Taylor, j'ai bien cru un temps que c'était la fin de notre civilisation. On vous doit une fière chandelle, commandeur Fox !

— Pas seulement à moi, monsieur le Premier ministre, répliqua Fox, beaucoup d'acteurs ont joué un rôle prépondérant. A commencer par vous monsieur, vous avez pris les bonnes décisions au bon moment, et notamment celle de me faire confiance … John a également été déterminant à une époque où il fallait de la lucidité pour ne pas commettre l'irréparable … Maxence Berger a été aussi d'une efficacité redoutable, face au défi qu'il avait à relever … les Carpentier qui ont hébergé toute l'équipe ont été tout aussi appréciables !

— Vous avez raison commandeur, observa le Premier ministre, mais sans vous et vos hommes, je ne crois pas que nous aurions été à la hauteur de la situation. Est-ce ton avis John ?

— Absolument Vince ! affirma Perry, sans le commandeur et ses hommes nous étions désemparés à un point tel que le plan diabolique des extraterrestres aurait réussi et que nous serions sans aucun doute aujourd'hui retombés dans la barbarie …

— … je revois le jour où le commandeur Fox est venu pour te convaincre de l'aider, ajouta-t-il avec un sourire, et j'ai toujours en mémoire cette phrase terrible que tu as prononcée ce jour-là et qui disait à peu près ceci :

— « je dois reconnaître, monsieur Fox, que votre théorie … est complètement loufoque, mais elle a au moins le mérite d'être cohérente avec les événements … quant à savoir si vous dites la vérité ou bien si vous êtes un charlatan, cela m'est égal, car la situation est si désespérée que je suis prêt à vous suivre … pourvu qu'il y ait une toute petite chance de réussite … ».

Il avait prononcé ces paroles en se tournant vers Fox, en pointant son index sur lui et en imitant la voix caverneuse caractéristique du Premier ministre.

— Je me suis dit que, pour que tu parles comme cela, toi Vince, que j'ai toujours connu comme un combattant résolu et indéfectible, c'est que tu devais être vraiment au bord de la dépression ! poursuivit Perry. Et je dois l'avouer, Fox, que je n'ai pas cru, moi-même, une seule seconde, qu'il y avait la moindre chance de réussite avec votre plan ! mais il n'y en avait pas d'autre …

Le papyrus de Djoser

— Cela démontre que ce fameux "fighting spirit" britannique est toujours vivace, railla le commandeur souriant.

— Vince, oui, est un vrai british, dit Perry, mais moi je suis métissé avec la race des latins et je suis bien moins coriace que lui. La preuve ! il va bientôt devenir le secrétaire général de l'ONU !

— C'est vrai Vince ? demanda Fox.

— On insiste pour que j'accepte ce poste, en effet, répondit le Premier ministre, mais je n'ai encore rien décidé.

— Quelle consécration ! sembla se moquer le commandeur.

— Non, c'est bien mérité, rétorqua Perry, il n'y a pas une seule personne sur la planète qui soit plus digne et plus qualifié que Vince pour occuper ces fonctions. Il a tout vécu, les peines comme les joies, les souffrances comme les soulagements, il a refusé que l'on déménage son bureau à l'abri des cailloux et il connaît les réalités du monde aussi bien en surface qu'à l'intérieur !

— Quel plaidoyer en votre faveur ! commenta Fox avec un grand sourire, vous avez un vrai supporter monsieur !

— Oui, je le sais, dit doucement Taylor, et je l'apprécie car des vrais amis loyaux je n'en ai pas autant que ça !

— Je vous taquinais bien sûr, dit Fox, je suis également persuadé que vous feriez un excellent secrétaire général de l'ONU. Dans ces moments difficiles, l'humanité a besoin d'hommes comme vous à sa tête et avec vous, son destin est entre de bonnes mains !

— Merci commandeur, dit le Premier ministre, si vous vous laissez aller encore un peu, vous allez devenir aussi dithyrambique que John !

— Je crois qu'il est temps de prendre congé de vous, dit Fox, heureux de vous avoir croisé, et je ne vous dis pas « à la prochaine » car sinon c'est que les choses iraient mal à nouveau.

Le papyrus de Djoser

— Heureux moi aussi de vous avoir connu, dit Taylor, et si vous passez par ici, au détour de l'une de vos ballades dans le temps, venez prendre un thé avec moi, ce sera toujours avec grand plaisir !

Après avoir salué Taylor, le commandeur et Perry prenait le chemin de la sortie lorsque Taylor lança :

— Au fait, commandeur, l'objet que vous m'avez ramené l'autre fois, vous vous souvenez ?

— Oui, bien sûr, répondit Fox, alors ? c'est quoi ?

— Les scientifiques qui ont analysé la chose prétendent qu'il s'agit d'un système planétaire, tournant autour d'une étoile, tout à fait comparable au notre, mais que cela n'est pas le nôtre ! ils ont bien essayé de le comparer à tous les systèmes déjà identifiés dans la galaxie, mais ils n'ont pas réussi à trouver lequel il s'agissait …

— … pourtant, d'après eux, la reproduction exacte à l'échelle de ce système stellaire est parfaitement plausible et cohérente avec une véritable configuration, mais voilà, l'objet semble animé d'un mouvement perpétuel, et ils cherchent encore comment l'ouvrir, car l'objet résiste à toutes les tentatives d'effraction …

Le commandeur Fox éclata de rire.

— … et ils ont voulu savoir d'où je tenais cet objet, et savez-vous ce que j'ai répondu ?

— Non, dit le commandeur, qu'avez-vous donc répondu ?

— La vérité Fox ! la vérité, s'exclama le Premier ministre, car un Premier ministre ne peut pas mentir …

— … j'ai répondu qu'un extratemporel venant du futur l'avait pris à des extraterrestres dans un vaisseau spatial stationné derrière la Lune et qu'il me l'avait offert en cadeau d'adieu !

— Et qu'ont-ils dit ? demanda Fox avec un grand sourire.

Le papyrus de Djoser

— Rien ! dit Taylor avec un air très sérieux, mais leur regard ne trompait pas, ils ont pensé un instant à m'interner dans un asile psychiatrique !

XXV – LE COMMANDEUR

Après le repas du soir, à la nuit tombée, John Perry, accompagné de Solène Dujardin et de Maxence Berger buvaient tranquillement une tasse de thé, assis aux côtés du commandeur, Ely Fox, autour d'une table en bois dans la cour principale du "mas du cheval isabelle". On pouvait voir le magnifique spectacle offert par des millions de débris de météorites incandescents zébrer le ciel. C'était le résultat obtenu avec le « canon à météorites », comme l'appelait Fox, qui avait permis de scinder en petits cailloux les astéroïdes qui, quelques jours à peine encore, semaient la terreur et la panique sur la planète. Il faudrait encore plusieurs mois avant que le ciel ne soit totalement nettoyé et ne reprenne son aspect normal, et aussi que les habitants de la Terre puissent observer sereinement les cieux.

Ce fut Perry qui, le premier, ouvrit le bal des questions pour le commandeur à propos des nombreuses péripéties qui avaient rythmé le cours des événements lors de ces dernières semaines.

— Commandeur, dit-il, vous avez laissé entendre que toute cette aventure a débuté lorsque le professeur Roswell, missionné par le Centre d'Exploration du Temps, a dévoilé l'emplacement du site archéologique de la bibliothèque d'Alexandrie, n'est-ce pas ? et pourquoi donc avoir joué les apprentis sorciers ?

— Oui, en effet, répondit Fox, nous savions parfaitement pour les avoir observés que les extraterrestres avaient beaucoup fréquenté la période de l'ancienne Egypte correspondant à la 3ième dynastie de l'Ancien Empire et plus particulièrement lors du règne du roi Djoser, ils prononçaient "Djéser" à cette époque. Nous soupçonnons même, mais nous n'avons aucune preuve, que le roi Djoser était l'un des leurs et qu'il avait été mis sur le trône pour mieux contrôler les populations ...

Le papyrus de Djoser

— … nous avons à plusieurs reprises envoyé des "missionnaires", poursuivit-il, pour explorer cette partie de l'histoire égyptienne, parmi d'autres, bien sûr, mais nous n'avions pas compris pourquoi ils avaient choisi cette époque précise et ce lieu … nous avons même envoyé un commando de « voltaires » pour tenter d'enlever l'un des leurs. Ils ont failli réussir, mais, au dernier moment, le monstre s'est suicidé en devenant un corps liquide puis gazeux qui s'est volatilisé dans l'atmosphère …

— … nous avons donc demandé au professeur Bryan Roswell de dévoiler le site de la bibliothèque d'Alexandrie, continua-t-il, car nous espérions y découvrir des documents sur cette période, avec l'idée que nous pourrions apprendre quelque chose d'intéressant au sujet des extraterrestres qui sont nos ennemis de longue date.

— Pourquoi l'avoir fait précisément à ce moment ? demanda Perry.

— Parce que les technologies terrestres permettaient d'exploiter et de lire les documents de la bibliothèque détruite par le feu grâce à l'imagerie multi-spectrale, répondit le commandeur. Avant cette époque, les documents seraient restés illisibles.

— Pourquoi, selon vous, demanda Solène Dujardin, ont-ils choisi cette époque de l'histoire de l'ancienne Egypte et pourquoi plus particulièrement cette pyramide de Djoser ?

— Nous sommes à présent à peu près persuadés, répondit Fox, que les extraterrestres n'ont pas choisi cette époque et ce lieu par hasard … l'époque, c'est sans doute celle à laquelle ils ont pu débarquer sur Terre, et le lieu, c'est tout simplement là, à cet endroit, que se trouvait la "porte de l'espace" par laquelle ils sont arrivés … ils ont, par la suite, décidé de la cacher en faisant construire une pyramide sur le site … c'est la raison pour laquelle nous estimons qu'il y a de fortes chances que le roi Djéser soit l'un d'eux, car il y avait beaucoup d'intérêts à cela !

— Et pourquoi n'avez-vous pas réussi à localiser la "porte de l'espace" puisqu'elle se trouve dans la pyramide de Djoser ? s'enquit Solène Dujardin.

Le papyrus de Djoser

— Nous n'avons pas réussi en effet, expliqua le commandeur, et pourtant ça n'est pas faute d'avoir cherché ! c'est sans doute qu'elle se situe dans un endroit, bien cachée, et qu'il faut posséder une clé d'accès spécifique ou quelque chose comme ça pour entrer dans cette partie de la pyramide. Alors, j'ai conseillé à Vince de murer définitivement l'entrée dans le monument, ceci pour éviter des infiltrations de la part des aliens.

— Et ces monstrueux humanoïdes avec des têtes d'animaux à l'effigie des dieux égyptiens, interrogea Perry, était-ce des entités biologiques ou bien des leurres pour impressionner les foules ?

— C'étaient, bien sûr, de simples montages artificiels pour mieux contrôler les populations d'Egypte, répliqua le commandeur, il n'y avait rien de biologique là-dedans. Mais cela devait être sans doute très bien fait pour avoir l'air réel, même de près, et ces formes humanoïdes de grande taille, sur lesquelles semblaient être greffées des têtes animales, devaient être en effet sacrément impressionnantes !

— Ils ont quand même réussi à implanter des images dans l'ADN de certains animaux, comment ont-ils faits ? et pourquoi ? questionna Perry.

— Oui, ils ont fait cela pour donner encore plus de vraisemblance à la théorie du secret divin et donc à l'espoir qu'il allait susciter, expliqua Fox. Dans leur plan, et c'est en tout cas mon interprétation, il fallait que cela paraisse absolument crédible et pour cela il était indispensable d'avoir la caution d'une partie de la communauté scientifique. L'enlèvement de ces mêmes animaux du conservatoire complétait le stratagème. Mais comment ils ont fait ? ça, je ne sais pas, je ne suis pas biologiste !

— Pensez-vous commandeur, comme certains l'ont envisagé, questionna Perry, que ces extraterrestres ont également pris contact avec la civilisation maya ?

— Oui, c'est exact, confirma Fox, nous en avons là aussi la preuve. D'ailleurs, la ressemblance de la technique de construction des

Le papyrus de Djoser

pyramides "à degrés" en Amérique centrale et en Egypte n'a pas échappé à la perspicacité de quelques archéologues. Mais en réalité, la construction des pyramides amérindiennes, dont celle située à "Chichén Itzá" est l'une des plus emblématiques, date d'une époque bien plus récente que celles d'Egypte, et nous n'avons pas pu explorer ces contrées équatoriales difficiles d'accès. Il n'est pas exclu d'ailleurs que l'une d'entre elles renferme également une "porte de l'espace".

— Je suppose commandeur que, lorsque vous avez appris l'existence du « *papyrus de Djoser* », insista Perry, vous avez imaginé que c'était une indication importante à propos des extraterrestres, je me trompe ?

— Oui, vous avez raison monsieur Perry, répondit le commandeur. Nous avons pensé, en effet, qu'avec le « *papyrus de Djoser* », nous tenions une information de première importance et, bien entendu, nous avons suivi avec beaucoup d'intérêt les travaux de traduction du professeur Albertino, ainsi que ceux du professeur Spielberg sur les analyses de l'ADN animalier ! ...

— ... nous n'avons pas vu tout de suite l'énorme piège tendu par les extraterrestres, poursuivit-il. Nous pensions qu'ils avaient caché dans ce document une clé pour accéder aux "portes de l'espace" et qu'elle était destinée aux vagues successives de leurs congénères qui seraient amenés à visiter la terre. En réalité, ce document s'adressait aux terriens, en laissant croire à l'existence d'un hypothétique « *secret divin* » qui ouvrirait les portes du bonheur, et surtout, en créant un immense espoir pour sauver les espèces, la planète et le sort de milliards de gens ...

— ... évidemment, dans cette période très morose de votre monde, où les robots prennent la place des humains en générant de la misère, de l'insécurité et du désespoir, le message très optimiste, presque « biblique », qu'apportait le papyrus était une véritable bouffée d'oxygène et une aubaine pour bon nombre de vos concitoyens. Lorsque le projet « ADN » a été abandonné, la désillusion causée fut à la hauteur de

Le papyrus de Djoser

l'espérance qu'ils avaient placée dans les scientifiques et les gouvernants. Le retour de bâton fut terrible ! …

— … et avec ça, l'enlèvement des animaux et l'arrivée de la pluie de météorites là-dessus a provoqué le choc fatal. Le chaos était sur le point de gagner l'ensemble de la planète. Créer une folle l'espérance, puis un grand désespoir ! c'était ça leur plan diabolique ! provoquer un tel choc psychologique sur les populations que les autorités et les gouvernements seraient balayés par la colère des foules, que notre civilisation s'effondrerait et que la barbarie reprendrait progressivement ses droits …

— … pour vous, terriens, c'était la condamnation à connaître une période de régression sans fin et pour nous, extratemporels, c'était la disparition pure et simple !

— Pourquoi le plan des aliens a-t-il été déclenché au moment de la découverte du « *papyrus de Djoser* » ? interrogea Solène Dujardin.

— La découverte de ce document a provoqué un plan qui avait sans doute été préparé de longue date par les aliens, répondit le commandeur. Les extraterrestres ont été alertés par leurs congénères en faction sur Terre et ils ont jugé que c'était le moment ou jamais de passer à l'exécution de leur plan …

— Pourquoi ont-ils assassiné le professeur Brisson ? demanda Solène Dujardin, cela faisait-il partie de leur plan ?

— Ils avaient décidé de faire disparaître tous les témoins de la première heure, répondit le commandeur, les professeurs Roswell et Brisson étaient en tête de liste, bien sûr, mais vous également Solène, ils vous recherchaient et vous avez bien fait de venir ici.

— C'est grâce à John, dit-elle, sans lui, j'aurais sans doute subi le même sort que le professeur Brisson …

— Oui, c'est même certain, affirma Fox, le professeur Roswell a eu la bonne idée d'organiser sa disparition pour leur échapper. Et

Le papyrus de Djoser

vous, Perry, auriez été en danger s'ils avaient soupçonné le rôle que vous avez joué dans cette affaire, notamment par votre liaison proche avec le Premier ministre, Vince Taylor …

— … Youssef El Ashanti, ministre de la culture égyptien, aurait dû, lui aussi se trouver en tête de liste, et le fait qu'il puisse se déplacer sans un important service de protection nous a donné la puce à l'oreille … qu'il était sans doute l'un d'entre eux.

— Quel a été le grain de sable qui a fait échouer leur plan diabolique ? demanda Solène Dujardin.

— Ce grain de sable c'est incontestablement la rencontre d'Amélia avec Maxence, déclara sans hésitation le commandeur.

— Rencontre de qui avec qui ? s'enquit Solène Dujardin, soudain intriguée.

— Eh bien, expliqua Fox, vous l'ignorez sans doute, mais monsieur Berger vient d'un univers espace-temps différent du votre, pas très éloigné certes, mais dans son repère spatio-temporel, il n'y avait pas de pluie de météorites …

— Est-ce vrai ça Maxence ? coupa Perry en se tournant vers le physicien, totalement ébahi.

Berger approuva d'un signe de la tête.

— Vous êtes donc un extratemporel ? questionna Perry.

— Non, je suis un terrien "normal", comme vous, répondit Berger avec un sourire, mais Kristel, elle, est une extratemporelle que j'ai rencontrée sous le nom d'Amélia dans mon espace-temps d'origine.

— Le coup de foudre d'Amélia, ou de Kristel si vous préférez, pour Maxence Berger a été le fameux grain de sable qui a tout fait capoter, confirma le commandeur.

— Pourquoi a-t-il changé pour venir dans cette galère alors ? demanda Perry.

Fox ne répondit rien et tourna son regard vers le physicien.

Le papyrus de Djoser

— J'ai changé parce que, le jour où j'ai rencontré Amélia, dit Berger, Kristel a dû changer d'univers espace-temps, car un extratemporel ne peut se rencontrer soi-même dans un même univers espace-temps. Comme je ne voulais pas perdre ma femme, on m'a alors proposé de "glisser" dans celui où se trouvait Kristel, ce que j'ai bien évidemment accepté. Et il se trouve que celui dans lequel nous avons "glissé" était le vôtre, celui qui était bombardé par les cailloux !

— Je ne suis pas certaine d'avoir tout compris, insista Solène Dujardin.

— Avant de rencontrer Maxence, développa Fox, Amélia était une extratemporelle qui était missionnée pour explorer la faune et la flore de la planète Terre. Elle a surpris par hasard une scène choquante où des monstres effrayants, nos fameux aliens, haranguaient des foules surexcitées de l'ancienne Egypte, déguisés en dieux égyptiens ...

— ... ce fut simplement pour elle une malheureuse coïncidence que de rencontrer ces extraterrestres ... elle n'était pas préparée à cela et elle a même failli se faire prendre ...

— ... fortement troublée par cette vision, poursuivit-il, elle a éprouvé le besoin de se ressourcer dans un coin de France où il faisait bon vivre, les berges du lac d'Annecy, et c'est là qu'elle a rencontré Maxence par hasard. Elle est tombée amoureuse de lui, et à son retour chez nous, elle a sollicité l'autorisation d'être ramenée à l'époque de Maxence, avec le désir d'abandonner son statut d'intemporelle pour tenter sa chance de conquérir l'heureux élu ...

— Mais c'est super romantique ! s'exclama Solène Dujardin.

— Oui, c'est vrai, admit le commandeur, mais pas seulement ! car c'est précisément à ce moment-là que s'est produit ce que nous appelons un "point de singularité". C'est-à-dire un événement qui peut provoquer un bouleversement total de l'avenir, et c'est ce qui s'est passé ...

Le papyrus de Djoser

— … pour être tout à fait complet, poursuivit-il, lors de leur conversation, Maxence a évoqué son parcours personnel en qualité de chercheur dans le domaine de la physique nucléaire au CERN, et a fait mention de l'existence d'une source protonique d'antimatière avec laquelle son équipe a fait des expérimentations qui ont conduit à la découverte du graviton et à l'obtention d'un prix Nobel en récompense …

John Perry leva son pouce et siffla pour exprimer son admiration à l'égard de Berger, prix Nobel !

— … lorsque j'ai appris cette information, je n'ai eu de cesse de réunir les conditions pour que ce faisceau d'antimatière soit utilisé pour empêcher le bombardement de la planète avec des cailloux venant de la ceinture d'astéroïdes, continua le commandeur. Ces conditions étaient de deux ordres, tout d'abord obtenir les assurances qu'un soutien logistique serait mis à disposition pour l'équipe qui allait tenter cette opération. C'est pour cela que je tenais absolument à rencontrer Vince Taylor avec l'aide de John. Et la seconde, c'était de convaincre Maxence de s'investir dans ce projet, car il était le seul à pouvoir lui donner une petite chance de réussite …

— Estimez-vous avoir eu de la chance lorsque vous avez constaté que l'installation des satellites était présente dans un espace-temps qui n'était pas tout à fait celui d'origine ? questionna Perry.

— De la chance ? dit le commandeur, peut-être … mais, le changement d'espace-temps n'entraîne pas forcément la remise à zéro de tous les compteurs, surtout lorsque l'écart dans le temps est faible … et puis, comment savoir quel est celui "d'origine", comme vous dites, les deux repères peuvent être tout autant être l'origine du VLHC … en réalité, la seule chose que l'on puisse qualifier de chanceuse, c'est la proximité du repère spatio-temporel où Amélia a décidé de s'arrêter, et où elle a rencontré Maxence, proximité avec celui où la Terre était ravagée …

Le papyrus de Djoser

Il y eut un court moment de répit pour Fox, tandis que les auditeurs semblaient « digérer » toutes ces informations révélées par le commandeur.

> — Dites-moi franchement commandeur, interpella soudain Berger, ma rencontre avec Amélia était-elle programmée ? Amélia était-elle en "mission" pour me séduire ? soyez franc je vous prie !

Il y eut un petit instant de malaise durant lequel tous les regards se tournèrent vers Ely Fox.

> — Maxence, je vous assure, répondit le commandeur sur un ton très solennel, cette rencontre a été totalement le fruit du pur hasard. Je peux comprendre vos doutes, mais Kristel a vraiment vécu cette histoire d'amour …

> — … et pour être tout à fait honnête, poursuivit Fox, …

Aussitôt, la tension et l'attention remontèrent dans le petit groupe qui guettait la suite des propos du commandeur :

> — Oui, pour être tout à fait honnête … reprit-il, la seule intervention de la Cellule d'Exploration du Temps dans le déroulement de cette aventure, c'est le choix du nouvel espace-temps pour Kristel. Ce choix a été opéré sur mes conseils, puisque je souhaitais que Kristel se retrouve dans cet univers spatio-temporel où la Terre était attaquée par les extraterrestres, car j'espérais ardemment que vous, Maxence, seriez prêt à la suivre et que nous pourrions ainsi disposer de votre savoir-faire pour affronter nos agresseurs. Voilà Berger, vous savez tout à présent …

> — Mais c'est une histoire fabuleuse ! s'exclama Solène Dujardin. C'est finalement l'amour, l'amour d'une femme, qui est à l'origine de la survie de la planète, rien ne saurait être un plus beau symbole !

> — Oui Solène, vous avez raison, conclut le commandeur, c'est bien l'amour d'une femme qui a permis la fin heureuse de cet épisode. Mais ne négligez pas non plus l'action de tous les

autres, chacun y a mis du sien ! sinon nous n'en serions pas là ! ...

— ... et puis, surtout, n'oubliez pas une chose, chère amie, nous avons gagné seulement une bataille, mais nous n'avons pas gagné la guerre !